a
sentinela

Lya Luft

a
sentinela

7ª edição

EDITORA RECORD
RIO DE JANEIRO • SÃO PAULO
2014

CIP-Brasil. Catalogação na fonte
Sindicato Nacional dos Editores de Livros, RJ

L975s Luft, Lya, 1938-
7ª ed. A sentinela / Lya Luft. – 7ª ed. – Rio de Janeiro: Record, 2014.

ISBN 978-85-01-06604-6

1. Romance brasileiro. I. Título

03-2766
CDD – 869.93
CDU – 821.134.3(81)-3

Copyright © 1994 by Lya Luft

Capa: Leonardo Iaccarino

Texto revisado segundo o novo Acordo Ortográfico da Língua Portuguesa.

Todos os direitos desta edição reservados pela
EDITORA RECORD LTDA.
Rua Argentina, 171 – 20921-380 – Rio de Janeiro, RJ – Tel.: 2585-2000.

Impresso no Brasil

ISBN 978-85-01-06604-6

Seja um leitor preferencial Record.
Cadastre-se e receba informações sobre nossos lançamentos e nossas promoções.

Atendimento e venda direta ao leitor:
mdireto@record.com.br ou (21) 2585-2002.

EDITORA AFILIADA

Para
Celso Pedro,
Marco Antônio,
João Pedro
e
José Arthur

Sumário

1 | *Os teares* 9

2 | *Elsa* 25

3 | *Lilith* 47

4 | *Mateus* 63

5 | *João* 85

6 | *Henrique* 103

7 | *Lívia* 131

8 | *Olga* 153

9 | *Nora* 177

1 | *Os teares*

> *"(...) a realidade deve ser distorcida; isto é, corrigida pela imaginação."*
>
> Camille Paglia

Com a precisão e a rapidez de um bisturi bem manejado, a lâmina maior encontrou os lugares certos, penetrou nos interstícios marcados e decepou a cabeça de meu pai.

Ela saltou além da porta, rolou indecisa, caiu pelos três degraus de pedra gasta em direção ao jardim e, bamboleando, sumiu na noite escura enquanto na casa tudo desabava com fragor de estrelas e trovões.

O corpo estrebuchava na soleira como uma das galinhas degoladas no pátio, que Lilith tanto gostava de olhar. Gritos, correria, horror.

Um uivo desumano explodiu por cima do resto: era a minha voz, que muitos anos depois soltaria o mesmo longo gemido arquejante nos braços de João, na hora do amor.

•

Acordo numa claridade difusa, encolhida, punhos e dentes cerrados. Então foi só um pesadelo, o velho sonho mau da infância.

Distendo braços e pernas, deitada de costas respiro como quem emerge de um mergulho. Amanhece pela janela aberta: gosto de dormir assim, exposta ao céu.

A sensação de conforto circula no meu sangue, torna meu corpo leve, a pele arrepiada: é a sensação de ter voltado para casa, fechado um ciclo, concluído uma fase importante de uma complicada tapeçaria.

Lavo o rosto, visto uma roupa confortável, e ainda descalça, enquanto o sol não nasce, enquanto meu filho dorme, enquanto no andar de baixo os teares aguardam quem lhes dê fertilidade e vida, vou conferir o meu novo reino.

Abro a porta: no fundo do corredor, negro contra o vitral de peixes e de medusas, alguém parado, imóvel.

Uma menina; um rapaz; delicado espectro que esteve guardando esta casa e agora vem me dar boas-vindas, alguém que não conseguiu se desligar daqui?

Fico imóvel também, sem medo. Rosa comentou que Henrique tem andado pela casa de madrugada... mas se fosse ele, avançaria para mim com o mesmo caminhar deslizante de uma menina morta há muitos anos. O que me é tão familiar nessa figura andrógina do corredor?

Fecho a porta devagar para não perturbar quem vaga pela casa.

Não preciso olhar para saber o que acontece depois que recuei: a criatura vira-se de perfil como num balé extático, a luz filtrando-se pelos cabelos finos que vão até os ombros. Vira-se

lya luft

de novo, desce a escadaria. Talvez nos calcanhares dela siga um lampejo ruivo.

Lilith, minha irmã, que assombrou minha infância, roubou meus afetos, dominava a todos com sua indiferença: quem não seria atraído por seus olhos amarelos de expressão perversa?

Lilith, sempre longe, sem nunca se entregar; a quem eu vi chorar uma única vez em toda a vida; morreu quando completava 13 anos. Não morreu: matou-se, num gesto de desdém por tudo e todos, enforcada na figueira atrás da casa. Nunca se soube direito se foi intencional ou se falhou a brincadeira estúpida que João lhe ensinara e ela exercitava quando nosso pai saía; tornou-se perita em nos assustar com aquele truque. Nossa mãe reclamava debilmente, mas de verdade nunca se queixava dessa filha.

João foi o primeiro homem que amei, e minha mãe provavelmente o queria como vítima para sua filha predileta. Mas Lilith não o conseguiu, e muito depois ele foi meu. Quando pensei que tudo estava assegurado, porém, ele fugiu; não lhe bastei, ou fui uma demasia. Talvez o perturbasse a lembrança de Lilith, por cuja morte se julgava responsável. Assim, mesmo morta, decomposta e esquecida por quase todos, Lilith continuou a me perseguir e travar a minha vida.

Lembro tudo, enquanto aguardo que essa criatura que está lá fora execute o seu ritual. Quando abro a porta e vou até o patamar da escada, um miado lamentoso vara a madrugada e se perde ao longe.

Era uma vez uma menina com seu gato chamado Serafim.

•

a sentinela | 13

Ainda não é luz plena o que escorre casa adentro, mas a indecisão do amanhecer. Sento-me no primeiro degrau e contemplo embaixo uma zona de penumbra onde, aos poucos, despontam os contornos do reino que amanhã será inaugurado: teares, novelos e a liberdade de inventar. Minha profissão, minha nova vida.

Sem muito esforço posso ver ao pé da escada o rosto de meu pai, Mateus, nas madrugadas de minha infância, quando ele ia me levar para o sítio de tia Luísa; que não era minha tia, mas a senhora que lavava as roupas grandes da casa, que vinha apanhar e trazia de volta ajudada por Avelino, seu filho corcunda.

Quando minha mãe se cansava de mim, eu sabia: seria desterrada um fim de semana ou mais no sítio onde nossas roupas ficavam desfraldadas, e eu me sentava num banco olhando a paisagem desolada, Lino me espreitando de longe com seu olho de peixe morto, esforçando-se por erguer o corpo que um destino cruel dobrava em dois.

Eu sabia que meu pai nunca voltava atrás quando Elsa, minha mãe, o persuadia a fazer qualquer coisa, insistindo com sua voz pipilante; e ela estava sempre cansada de mim, de minha rebeldia, de meu relaxamento.

Lilith ficava em casa: era a filha amada; dois anos mais velha que eu, quieta e dissimulada. Ela nunca era mandada embora nem por um fim de semana.

•

Esta lagoa de sombra que é minha sala, meu ateliê de tecelagem, antigamente recebia os amigos de Mateus e as raras amigas de Elsa; a sala fervilhava nas festas que davam, ecoava de vozes

lya luft

adultas, abraços, risos, o vozeirão de meu pai. Também abrigou, num tremendo silêncio, todos os que vieram ver Lilith em seu caixão branco, e, dois anos depois, o de Mateus, que era preto (pequeno demais para a sua estatura).

Há mais de duas semanas minhas artesãs trabalham aqui; Rosa lida de um lado para outro limpando, polindo, encerando; comecei sozinha, quando fiquei viúva, madura e vazia; hoje fundei uma pequena empresa; desenho meus tapetes que começam a abafar os passos de muitas pessoas anônimas, ou (se forem de fios de seda) a cativar muitos desconhecidos olhares. Tudo nasce da minha fantasia, da memória; da funda garganta do pensamento, onde nem eu penetro mas de onde sou parida todos os dias, dormindo e acordada: é de lá que venho, dedos enredados nos fios que transformo em tapetes.

No início achei que não ia dar certo, porque desde mocinha tinha começado várias coisas sem levar até o fim, como as aulas de canto. A voz era boa, todos se entusiasmavam e me encorajavam; menos minha mãe, que achava ridículo ensaiar as escalas no piano de casa. Sem estudar eu não progredia, de modo que desisti. Mas continuei com desenho; fiz vários esboços, retratos de João com seu perfil sempre avançando para onde o comandava sua inquietação. Desenhei meu filho em várias ocasiões, mas em vez de Henrique lá estava Lilith; disso também desisti.

Só os tapetes floresceram: especialmente esses, de seda, que eu mesma faço, e são poucos: árvores, aves-do-paraíso, animais de fábula, frutas, mãos, olhos espreitando. Às vezes uma caverna secreta.

a sentinela | 15

Este é o meu território: desenrolando fios, tramando novas urdiduras, como destapando um furo pelo qual eu mesma me escoasse para elaborar melhor o que espera ser modelado.

Chamei minha empresa de *Penélope*, nada original para uma tapeceira. Não desmancho de noite o que foi feito de dia para adiar um compromisso; vou sempre em frente, parece que passei a vida desenrolando novelos, combinando cores. Talvez eu ainda esteja à espera. De João? Não sei. Não sei se ainda quero uma vida a dois, não sei.

•

Elsa e Mateus formavam um estranho par: nada combinava, nem fisicamente. Ele era grandalhão, ela delicada; ele era afetuoso, ela desinteressada; ele era paciente, ela sempre irritada. Mas meu pai lhe era submisso, diante dela perdia a força — seu jeito imperioso se tornava dócil, fazia brincadeiras bobas, deixava-se dominar: e eu sentia uma raiva surda, pois sabia que muitos comentavam: "Ela faz dele o que quer."

Mateus vinha da fazenda cheirando a suor e sol, mas Elsa dizia que era fedor de bosta de vaca, e logo o mandava subir: "Vá já tomar banho, seu porquinho." Ele subia os degraus imitando os grunhidos de um leitão, achava nisso uma graça infinita, nos dias bons. Eu ficava de longe, encolhida de medo e raiva: para mim, meu pai era quase um deus.

O bonito mesmo nele eram os olhos, de um azul tão pálido como raramente se viu; os de meu filho são iguais, de modo que muitas vezes quando ele fala comigo é como se Mateus me espiasse nesse rosto tão diferente, e continuasse me vigiando.

lya luft

Mas nele, as bolitas azuis me olhavam de frente, debaixo das grossas sobrancelhas.

Talvez Mateus tenha sentido alguma culpa por realmente não me proteger; por deixar que Elsa me tratasse tão mal; por finalmente me botar num internato, quando eu nem tinha saído direito da infância, tudo por exigência de minha mãe.

Ou sempre fui injusta com ela, que hoje vegeta na aridez de sua mente obscurecida? Uma coisa é o que somos, outra o que veem em nós: sei disso, porque, apesar de todo o nosso amor, meu filho e eu habitamos zonas diferentes. O que é bom ou ruim? Quem decide?

Henrique, que dorme no quarto lá em cima: única pessoa que julguei realmente minha, mas que a despeito de seu ar quase feminino não se deixa dobrar; que foge à minha ansiedade como João escapou de minha carência. De modo que talvez nesta nova fase de minha vida eu tenha de aprender os benefícios da solidão.

O rosto de Henrique é Lilith; os olhos, Mateus: a vida trança seus fios arcaicos, o que é belo mas assustador.

Olga acha que me preocupo demais com ele:

— Nora, filho é uma ferida aberta no flanco, por onde entra muita alegria e muita dor. Quem tem medo disso não deve ter filho. Assim você espanta esse menino.

Olga, minha meia-irmã, filha apenas do mesmo pai, sabe atingir meus pontos fracos; ela foi o que conheci de maternal na vida. Cresceu sem mãe, foi rejeitada pela minha, que não aceitou esse estranho dote, fruto de um namoro de juventude de Mateus. Decidiram então que ela ia ser educada no internato, para onde foi quando eu nem tinha nascido e de onde saiu

a sentinela | 17

para viver sua vida, sem precisar suportar a dor miúda de ser controlada por Elsa.

— Bem que eu queria ter a sua energia, sua competência para viver — digo-lhe às vezes. Ela ri, joga a cabeça para trás, o jeito de Mateus, os belos dentes.

Essa é minha irmã Olga, guerreira da vida, ao contrário de mim, que sempre fui encolhida e enfezada. Hoje, sem os abraços de João, só diante do papel e das telas consigo delirar um pouco.

•

Para muita gente meu pai era uma espécie de conselheiro; o que diriam se o vissem calado, mudando o peso do corpo de um pé para o outro, quando a mulher o repreendia? Ou tentando confortá-la com suas grandes mãos morenas, sempre que, "exausta de tanto cuidar da casa e das filhas" (pois, para ela, as empregadas eram relaxadas demais), se queixava de nervos frágeis e de precisar logo, logo, de uma nova viagem para algum desses lugares "maravilhosos" do mundo?

Mas essas coisas só eu via; Lilith, que não se importava com nada, nem com nenhum de nós, construía o seu próprio mundo, onde, como quando brincávamos de gruta, era sempre a rainha.

Mateus era um homem dos velhos tempos: político, fazendeiro, entrava em casa de botas, fumando charuto, chamava pela mulher no seu vozeirão. Estudara medicina, nunca exercera a profissão porém gostava de dar os seus palpites quando alguém adoecia. Mais tarde Olga estudou medicina, formou-se logo antes de ele morrer, e Mateus ficava feliz: "Essa menina vai levar o meu facho adiante." Fingia não ver o olhar gélido de minha

18 | *lya luft*

mãe, que achava que moças finas não andam por aí cuidando de pessoas cheias de doenças. Ela não apenas transformava homens em porcos, mas alegria em brasas sufocadas.

Talvez Olga, que não era filha dela, tivesse razão ao me dizer mais tarde que Mateus mimava a mulher, parecia bobo diante dela porque a amava; e por isso, seduzido pela figura miúda e perfumada, não admitiria um fracasso em seu casamento e quando estava em casa se submetia às infantilidades da mulher.

Na fazenda ele era outro homem: imperioso, mãos fortes dominando rédeas, nadando em braçadas vigorosas no rio, dando grandes risadas em conversa com os peões. Íamos muito pouco à fazenda: Elsa detestava insetos e cheiro de bosta de vaca.

Em raras ocasiões ele, como eu, se rebelava. Quando ela insistia demais, no jeito de falar infantilizado que usava nas grandes ocasiões:

— Ah, meu bem, a gente podia ir para a Europa em setembro, o que você acha? — E como ele amarrasse a cara, acrescentava no mesmo tom suplicante: — *Todas* as minhas amigas vão pelo menos uma vez ao ano. *Eu sei* que a última viagem foi cara, mas, ah, meu bem...

Elsa não desistia, e quando ela metia uma coisa dessas na cabeça Mateus acabava cedendo, talvez para agradar, talvez apenas para ter sossego.

Certo dia, ouvi-o dizer grosseiramente:

— Ora, cale a boca ao menos uma vez! — E ela foi correndo fechar-se no quarto, enquanto eu vibrava de alegria maligna, cheia de culpa por estar tão contente: ao menos uma vez meu pai não bancara o bobo, como algumas pessoas diziam.

a sentinela | 19

Mais tarde ele subiu a escada, bateu longo tempo na porta do quarto, falava baixinho, pedia, até que a porta se abriu e os dois desapareceram naquela terra secreta, só deles.

Apesar disso era Mateus quem me propiciava segurança: bastava ele entrar em casa e, insone em meu quarto, eu me sentia melhor. Meu mundo entrava em ordem quando meu pai chegava. Meus vários fracassos do dia, a perseguição de Elsa, as loucuras de Lilith perdiam a importância.

Mas esse mesmo passo corria até mim enquanto ele desapertava a cinta para me bater, porque Elsa se queixara: eu era desobediente, atrevida. Ele batia dizendo:

— Não admito que você ofenda sua mãe, ela é uma mãe maravilhosa!

— Ela te pariu mas nunca adotou você como filha — diria Olga quando eu fosse adulta. — Para esse parto não existe fórceps.

Num momento meu pai me dava o céu, o inferno no instante seguinte — o chão por onde eu deveria caminhar era esburacado: a qualquer hora eu podia tropeçar, ou ser derrubada.

Lilith não parecia ter problemas: era excelente aluna, embora eu nunca a visse estudar; seu quarto estava sempre arrumado; nunca discutia com nossa mãe, e, mesmo que desobedecesse sempre, não levava castigo. Era perversa; armava intrigas entre meninas na escola, roubava pequenos objetos e botava a culpa em outra, conseguia livrar-se com enorme facilidade. A mente brilhante, muito acima de sua idade, dava-lhe um ar de adulto escondido num corpo miúdo; sem ser bonita, era atraente, todos a elegiam a mais bonita da aula ou da escola; e não havia explicação para isso. Pois eu também a considerava inigualável.

lya luft

Meu boletim era sempre ruim. Meus cadernos traziam à margem, em tinta vermelha, o comentário eterno: "letra horrível", e Mateus me fazia praticar caligrafia na escrivaninha de tampo de vidro verde-escuro em seu escritório. Disso eu gostava, porque depois, talvez com pena, ele me deixava ficar numa de suas poltronas, folheando o meu tesouro: volumes pesados de alguma enciclopédia ou livros de arte. Dava-me explicações, animava-se, falava de viagens que pretendia fazer, não exatamente as que Elsa apreciava, mas para realmente ver coisas diferentes. Seus olhos brilhavam. Éramos cúmplices, nesses momentos éramos dois amigos.

Algumas vezes eu queria dizer: "Pai, sabe que minha mãe mentiu ontem, quando disse que eu a chamei de burra, não sabe? No fundo, mesmo que me castigue, você *acredita* em mim, não acredita?"

Mas ficava quieta; tinha medo da resposta; medo de perturbar aquela ilha de sossego onde estava com meu pai, sem Elsa para me aborrecer, sem Lilith para me comandar. Tinha certeza de que só comigo ele se abria assim, só comigo falava sobre seus projetos que Elsa desaprovaria, e Lilith escutaria com o brilho familiar de ironia nos olhos amarelos. Essas tardes com Mateus eram a minha delícia. Nada me garantia que durassem.

Certa vez, quando, como sempre, ele me repreendeu por causa de uma queixa de Elsa, reuni toda a minha coragem e expliquei que era mentira, ela era má, não gostava de mim. Os olhos dele viraram um gelo azulado; ao me voltar para sair correndo, fui derrubada por um golpe na cabeça; achei que ele tinha jogado em mim um daqueles livros enormes, mas era um soco do seu punho poderoso. Não foi para me ajudar que se

a sentinela | 21

abaixou: agarrando meu braço arrastou-me escada acima, até onde estava minha mãe. Ajoelhada diante dela, Mateus ainda me segurando firme, chorei aos soluços e repeti sem parar: "Perdão, mãezinha, perdão, mãezinha."

•

Desço apenas alguns degraus até o meio da escada onde me sento outra vez, testa encostada ao corrimão frio. Quando o medo era grande demais, de madrugada eu vinha até aqui, também descalça, esperando que meu pai chegasse da fazenda, do clube, ou voltando com Elsa de uma festa. Em criança eu sofria de insônia e dos terrores que Lilith me incutia: falava de coisas esquisitas, falava da morte. Não com o ar de quem quer apenas assustar; nela era natural, como mexer com bonecos e brincar no jardim.

Não sei o que a distinguia das outras crianças; era uma menina pálida, muito magra, olhos amarelos de gato. Havia nela um segredo: nunca o descobri. Rosa, que entende dessas coisas, viu fotografias e conhece o quadro de Lilith com seu gato na sala de minha mãe, me disse que Lilith "tinha um dom"; quando tentou me explicar, desistiu, e eu não quis ouvir.

Olga não dava muita importância a Lilith:

— Eu a achava uma menina sempre presa na saia da mãe, magrela, doentia. No fundo era uma chata. Esqueça. Pense em você hoje. Livre-se dessas fumaças do passado, da infância, Nora. Elsa era histérica, sua irmã meio maluca, esqueça.

João achava que nossa família fora demais marcada pelas mortes violentas, tão próximas. E não gostava de falar em Lilith.

22 | *lya luft*

— Mas você era meio apaixonado por ela...

— Nunca. Era uma menina estranha; atraente em algumas coisas, mas... sei lá. Dava medo.

— Medo? Você era mais velho do que nós, devia nos achar umas criançolas. Por que teria medo?

— Não sei. Sua irmã não parecia criança. Parecia uma adulta baixinha e magra. Maluca.

— Maluca como? Vocês conversavam bastante.

Ninguém parecia entender minha fascinação por Lilith, meu desejo de falar nela, de ser *Lilith*: temida, não ignorada; indefinida talvez, mas não boba; astuta, não rejeitada. Lilith sabia instilar veneno na alma das pessoas. Um dia ganhei de Olga um coelho que ficava numa gaiola, num canto do pátio. Lilith ria de mim:

— Bicho besta, nem faz companhia para a gente. Mil vezes o Serafim.

— Pois eu não gosto de gato. É bicho do Diabo.

— Por isso mesmo eu gosto dele. Quando eu morrer quero que seja enterrado comigo. No mesmo caixão.

— Não fala assim, Lilith!

— Que é que tem?

Um dia meu coelho desapareceu. Depois do almoço eu ainda procurava por ele inconsolável; Lilith apertou meu braço com força, sussurrou no meu ouvido:

— Lembra a carne moída que você comeu no almoço? Era o seu coelho. Elsa mandou matar e servir.

— Mentira! Mentira! Mentira!

— Não me desafie! Vamos juntas perguntar a ela? — Lilith realmente não tinha medo de nada.

a sentinela | 23

Não fomos, nunca descobri, mas o coelho não apareceu mais.

Seguidamente imagino se a Lilith que eu via não era fruto dos meus medos, um mito criado pela minha timidez e insegurança.

Lilith não parecia da família, muito menos minha irmã. Ainda bem que eu tinha Olga, embora essa raramente aparecesse em casa; ela era a cara de Mateus, ria do mesmo jeito, gostava das mesmas coisas. Nas férias ia com ele para a fazenda, e eu os via cavalgando lado a lado. Eram da mesma raça, centauros de cabelos ao vento: nessa hora, eram livres.

Com eles o mundo se tornava claro, simples, prático. Nada de copo-de-leite esguio e fechado como Lilith; nada de ratinho assustado como eu. Vendo-os assim unidos, Lilith desviava os olhos, e Elsa fiscalizava com a raiva de quem vê alguma coisa escapar ao seu controle. Ali havia uma relação na qual nem ela conseguia penetrar. E Elsa jamais perdoaria isso. Olga, muito mais velha do que nós, tinha uma vitalidade e um gosto de viver só dela; não dependia de Elsa, zombava de minha mãe e de suas patéticas tentativas de ser o eixo do mundo.

Inesquecível a expressão de seu rosto de boneca, ao observar juntos o marido e a enteada: nenhuma afeição, mas todos os matizes do desprezo.

2 | *Elsa*

> *"Toda a história de uma vida é história de aflições."*
>
> Clarice Lispector

A última vez que a visitei, há pouco tempo, era dia dos meus 50 anos. À noite eu ia comemorar, mas pela manhã resolvi fazer uma visita ao apartamento onde Elsa vive reclusa, com uma pacientíssima dama de companhia que suporta suas exigências e os problemas de uma velhice estéril.

Não precisava ter ido, mas Olga, que me conhece tanto, está certa quando me censura por não crescer direito.

— Mas ela é minha mãe! — respondi.

— Lembre o que lhe falei mais de uma vez: ela pariu você, mas não te adotou como filha — disse Olga.

Parei diante da porta do apartamento e ao tocar a campainha minha cabeça latejava; tive de sacudi-la para espantar o que pousava nela e a apertava como uma aranha enorme de patas mortais.

O temperamento difícil de minha mãe afastou aos poucos parentes e amigos, só eu restei, a não amada. Para Olga é como se ela não existisse, exceto como lembrança de um gole amargo a ser tragado e esquecido o mais rápido possível.

Quando a senhora que cuida dela veio abrir, por um instante senti a velha timidez. Elsa sem dúvida ia fazer alguma crítica, algum comentário desalentador; diante dela eu voltava a ser a menina acuada contra a parede, imaginando por que estava ali, como escaparia do dedo em riste.

Mesmo agora, apática e confusa, quando sai de sua névoa Elsa bota o dedo em feridas que sangram.

Troco algumas palavras com a dama de companhia, sempre as mesmas: Elsa mente, cospe fora os remédios, não quer tomar banho, acusa a outra de roubar objetos que ela própria escondeu no armário.

Afinal é minha mãe, penso entrando no quarto: hoje é meu aniversário, eu quero a minha mãe. Sei que é ridículo mas é assim.

Só quando chego bem perto ela desvia os olhos da televisão, ou da parede, ou do enorme retrato de Lilith com seu gato Serafim, ambos de olhos quase iguais.

Meu beijo roça o alto de sua cabeça: cheiro de velhice. Nunca fomos de carinhos. Alguém comentou certa vez que Elsa era tão fria que, quando a abraçavam, botava os cotovelos à frente do corpo para não ser tocada.

Ela me analisa num relance, está lúcida:

— Você engordou.

— Mãe, faz uma semana que passei aqui, não devo ter engordado tanto.

— Saia-e-blusa engorda, por que não bota um vestido?

— Ora, mãe, antigamente a senhora sempre me criticava por ser magrela.

28 | *lya luft*

Por que entro nesse jogo? Uma velhinha inofensiva não devia me ferir tanto. Mas ela não é uma velhinha inofensiva: é minha mãe.

Ainda quero extrair do seu coração esse parto que ela não me deu, essa maternidade verdadeira; mas isso, nada pode arrancar dela.

— Mãe, sabe que dia é hoje?

Ela me encara; tem horror de esquecer as coisas, pavor de ser velha, de ficar esclerosada. Como não ama ninguém, não acredita que alguém a possa amar, e seu terror maior é que eu a instale num asilo.

Insisto, também sei ser um pouco cruel, preciso dessa resposta:

— Mãe, hoje é 16 de março. Sabe que dia é?

Ela repete devagar:

— Dezesseis de março.

— Isso. Procure lembrar o que aconteceu nesse dia, há muitos anos. Meio século.

Ela olhou para a porta, quer ajuda da dama de companhia. Em vez de acalmá-la, repito como se tivesse ao menos esse direito, querer que ela se lembre do meu dia:

— Mãe, há 50 anos, à noite, meu pai levou você para o hospital. O que aconteceu lá?

O olho dela se ilumina:

— Lilith!

Penso em desistir, me sinto patética, mas volto à carga:

— Não, mãe, Lilith nasceu dois anos antes! Nessa noite, o que aconteceu?

a sentinela | **29**

Desvia os olhos de mim, esforça-se por recordar, mas é difícil. Quando vou me levantar, diz na sua vozinha esganiçada:

— Nessa noite entrou em minha vida uma intrusa — diz, e volta a me fitar com o olho de passarinho.

Estará realmente caduca, ou só quer me ferir?

Viro-me e saio do quarto, do apartamento; no elevador tenho de conter o choro. Não me despedi dela: estamos tão distanciadas que nenhum adeus é possível.

Elsa deve ter voltado a olhar a televisão, ou o retrato enorme da filha amada, sentada no chão de pernas cruzadas, sobre elas um gato ruivo e gordo chamado Serafim; o pintor, intuição sublinhando a realidade, deu aos dois uns olhos quase iguais.

— Mãe, você não acha esse gato medonho? — perguntei quando o quadro foi instalado em nossa casa. — Aliás, a senhora descobriu o que aconteceu com ele quando Lilith morreu?

Minha mãe apenas me encarou com o seu ar de mais funda rejeição.

●

Na mesma tarde fui caminhar com Olga.

— Isso não é normal na sua idade — ela fala no seu jeito categórico, que não perdeu nem agora que a fatalidade quase a derrubou.

Quando caminha, também seus passos ainda são os da guerreira intrépida que me adotou quando eu parecia abandonada por todos. Caminhamos juntas seguidamente: ela, "para não enlouquecer"; eu, para estar com ela; essas conversas se tornaram essenciais para mim. "Olga, você é o meu superego", digo às vezes, e sempre ela responde, lacônica: "Vá à merda."

— Esse amor de criança carente na sua idade é coisa de psiquiatra. Vá se tratar, eu já disse. Desde que você era pequena eu tinha vontade de te sacudir, dar uns tapas, para que você acordasse. Elsa não é *nada*.

— *É minha mãe* — digo, obstinada. — Você tem ódio dela?

— Era só o que faltava. Elsa *nem existe*.

— Mas botou você no internato quando se casou com Mateus.

— No começo fiquei triste, mas o papai sempre mantinha contato comigo, me visitava, e havia as férias. Nunca duvidei do amor dele por mim. E, sinceramente, eu preferia o internato a aguentar sua mãe.

— Engraçado, pois eu, que vivia com ele, não tinha certeza de que gostasse de mim. Talvez porque nunca me protegia, sempre me dizia que Elsa era uma grande mãe e eu uma filha ingrata.

Ela interrompe o passo, me olha, séria, gotinhas de suor debaixo do nariz.

— Você acha que foi uma filha ingrata?

— Não sei. Nem sei se ela era tão ruim quanto me parecia. Talvez simplesmente não soubesse o que fazer comigo; eu era feia, tímida e revoltada. Rebelde, vivia de castigo.

Olga volta a andar, fura o ar com seu perfil de Mateus, agora ri baixinho:

— Eu sei. Tentei falar com Mateus várias vezes sobre isso, mas ele parecia cego. Tão bom, tão firme, tão lúcido, mas quando se tratava de Elsa, ficava burro. Como você.

a sentinela | 31

— Eu nem sei se ela realmente gostava dele: acho que Lilith era tudo para ela, Lilith lhe bastava. Aí perdeu a filha amada... e sobrei eu.

Olga comenta:

— Aquela menina era doente.

— Doente de quê?

Ela bate com o indicador na testa:

— Alguma coisa aqui. Tentei falar com papai sobre isso mais de uma vez, mas nesse assunto ele também era inabordável, não adiantava. E o esquisito era que com esse problema Lilith dominava as pessoas, exercia atração sobre elas. Você mesma, parecia uma escrava.

— Pois a gente até brincava disso naquela gruta, lembra? Lilith era rainha, eu escrava, e Lino, o corcundinha filho da lavadeira, era sempre o bobo da corte.

De repente minha irmã faz cara de quem lembra algo que queria me contar e esqueceu:

— Nora, você acredita que, outro dia, esse mesmo, esse corcunda, o tal Avelino, apareceu no meu consultório?

Estaquei, surpresa:

— Não acredito.

— Pois estava lá, careca, sempre asmático, um filho pela mão, um menininho bem saudável.

— Não era neto?

— Que nada. Filho. Casou, fez filho depois de velho, imagina. Eu tinha me esquecido dele, mas ele mesmo lembrou que sua mãe trabalhava para Elsa.

Rimos juntas e retomamos o passo. De lado, vejo minha irmã avançar no parque como faz na vida, sempre tentando

lya luft

controlar a dor e manter vivo o amado que está suspenso à beira da noite final sem conseguir despencar.

●

Um dedo cálido toca meu ombro, clareia tudo abaixo de mim: teares lustrosos, novelos coloridos, prontos para desenrolar minhas histórias e produzir os objetos dos meus sonhos.

O sol nasceu. Desço os últimos degraus, sentindo com prazer o assoalho encerado nas plantas de meus pés, sem Elsa na casa para reclamar: "Quem anda muito descalça fica com pé largo, de criada!"

Estou ligada a essa casa como se ela manejasse os cordões de minha vida. Respiro, aspiro, toco as coisas amadas, sozinha na manhã que também se inaugura; e não sinto pânico de estar em falta; dor de ser insuficiente. Estou bem, como se retivesse nas mãos as rédeas de mim, observando sem medo os trechos a percorrer.

Vou até a cozinha, Rosa já fez o café; volto com um caneco do líquido quente, perfumado, sento-me numa banqueta longe do cone de luz. Este é o dia que vou dedicar à contabilidade; não da minha pequena empresa, mas dos negócios interiores, mais difíceis de controlar.

As antenas de luz tateiam perto de mim, passam junto de meus pés nus; calor na pele quando se aproxima: a pele de João contra a minha, há quantos meses? Quase um ano. Onde estará ele, como estará? João aparece e some de minha vida desde que me conheço; cada vez que vai leva um pedaço de mim, um naco de carne do peito ou do ventre.

●

a sentinela   33

Quando tive certeza de que João e eu tínhamos uma relação "segura", estabelecidos em nossa ilha, que seu impulso de partir, sempre de novo partir, se apaziguara em mim, tudo desmoronou. Havia uma coisa que ele não conseguiria administrar: sua filha Lívia, afundada num pântano de drogas e rejeição, manobrada pela mãe. Lívia era muito difícil de lidar, ora menina doce, ora mulher vulgar. João nunca aceitou a realidade com relação à filha querida. Nem eu saberia dizer qual é a realidade. Lívia era uma náufraga: agarrava-se mortalmente a quem quisesse acudi-la; qualquer recurso servia para não ir inteiramente ao fundo.

Eu, por mais que no começo tentasse, não era sua mãe de verdade; sitiada por tantos medos, não consegui adotá-la, de modo que quase fomos tragados todos juntos nessa viagem sinistra.

João se debatia: não suportava algemas nem condições, e agora precisava submeter-se às leis desordenadas da vida da filha. Desde sempre, quando estava com ele eu sentia que era de passagem; bebi cada instante com ele como a última gota antes do deserto.

Talvez com Lívia ele quisesse se redimir: ali não podia dizer que não queria laços. Com filho, Olga sempre repete, não existe aposentadoria; não se é alforriado dessa servidão, que pode ser ternura ou angústia.

Em nossa última fase, quem acabou vencendo foi Lívia, talvez sem se dar conta: por ela João se sentia responsável.

No entanto, continuamos ligados. Se ele me telefonava depois de cinco anos, ou dez, era como se ontem sua voz tivesse chegado ao meu ouvido: estava sempre pronta para ele. Mas ele não quis correr o risco.

34 | *lya luft*

Quando chegou a nossa hora, não tivemos coragem: faltou audácia e fervor, e dentro em pouco estaremos velhos demais.

Quando ele partiu a sério pela primeira vez, eu lhe pesava; era carente demais, exigia demais; voltou depois de um tempo, casou-se com Telma, que mal conhecia; quando fracassou, partiu deixando com ela a filha, Lívia. Sempre que entra em crise, Lívia é expulsa pela mãe — "essa menina é o câncer da minha vida!" — e procura pelo pai: João, a quem chamamos João das Minas, engenheiro de minas e habitante de cavidades secretas, sempre em pontos remotos da Terra, em busca de refúgio — o mais longe que puder.

Só que de repente não sei se ainda espero por ele; não sei se quero que a gente ainda se veja: a paixão sempre retorna soprando as cinzas, mas depois é de novo essa dor.

•

Quando eu era viúva havia pouco tempo — Henrique ainda menino —, fiz uma viagem, e no aeroporto, sozinha, de repente João se aproxima. Casaco jogado nos ombros, aquele jeito de me olhar de baixo para cima, cabeça um pouco entortada, perfil avançando como figura de proa.

O abraço rápido, as mãos quentes apertando minhas costas; sem refletir, digo em seu ouvido que "tive saudade". Ele responde no mesmo tom secreto: "Eu também."

Começa em meus joelhos o velho tremor. Não, de novo não, penso. Vai começar tudo de novo... Eu quero isso?

Ele se afasta, me solta, me analisa:

— Você continua linda.

a sentinela | 35

— Não seja cínico, João. Nunca fui linda, e estou com mais de 40 anos.

— Para mim você será linda sempre.

— Frase boba para dizer a uma velha amiga — mas não é isso que eu quero dizer, a palavra é "amante", e ele pensa a mesma coisa. Falamos trivialidades, os aeroportos, o clima. — Você veio a trabalho, João?

— Não. Meu trabalho só me leva para longe, cada vez mais. Vim ver minha filha, sabia que eu tenho uma filha?

Sabia.

— É uma adolescentezinha adorável, mas tem alguns problemas, a relação com a mãe é péssima, e não sei... sinto que Lívia escapa entre meus dedos, sempre que quero pegá-la, entender, ajudar.

Por trás dele aproxima-se uma moça: muito jovem, muito bonita, chamativa. Chega perto e, ainda atrás de João, encosta nele o corpo inteiro, tapa seus olhos com as mãos manicuradas:

— Adivinha.

O constrangimento entre nós dois é palpável, mas ela está plenamente à vontade. Pendura-se no ombro dele, praticamente me ignora quando ele apresenta: "Nora, uma amiga." Certamente não lhe pareço uma ameaça.

— *Amooor*, vi uns brincos *tão* lindos numa lojinha, me dá uma grana?

Fala no tom coquete que Elsa usava com meu pai, em um outro mundo. João nem me olha; remexe nos bolsos da calça e, num jeito tão seu, tira um maço de notas que passa para a mão dela sem conferir.

lya luft

— Não demore, o avião sai daqui a pouco.

Ela se vai sem despedidas, bamboleando o corpo.

Nossa vida é um aeroporto, João das Minas: chegadas, despedidas, estranhos em volta. E nós dois?

— Nova namorada?

Ele dá de ombros, passa a mão nos cabelos, endireita os ombros. Procuro fazer troça:

— João, você não tem jeito mesmo.

Mas o que de fato quero dizer, e ele certamente lê no meu rosto, é: "Lembra aquela primeira vez em minha casa, quando Elsa viajou, e eu tinha 21 anos? Lembra quando numa outra vez, deitado comigo e olhando o céu pela janela aberta, você se comoveu e disse que éramos um casal perfeito porque éramos iguais, 'feitos da mesma matéria, poeira de estrelas'?"

Mas fiquei calada; o clima entre nós se desfizera, queríamos partir para lados opostos.

Ele olha o velho relógio de pulso, que reconheço; despedida formal, beijo rápido na face, quase no canto da boca, a marca do batom ficou — como sempre; rindo, passo o dedo para limpar: tudo familiar.

— Cuidado com a namorada.

Ele se afasta, de repente se vira outra vez; não perdeu o sorriso cativante; acena com a mão junto do corpo, o braço caído. E se vai.

Que pena, João das Minas, pensei parada no aeroporto agora tumultuado. Ainda acho que formaríamos um grande par.

●

a sentinela | 37

Passos no andar de cima: Henrique vai ao banheiro, volta, e os fantasmas fogem para recantos menos claros. Henrique é o presente. Houve um tempo em que era tudo o que eu tinha, mas descobri que era preciso mudar, me desapegar um pouco dele para não o perder para sempre.

— Deus me livre de ser a razão da vida de quem quer que seja, é escravidão. Nunca diga isso para o pobre menino. — Olga pensa assim e discutimos por isso; talvez esteja certa, pois passei a vida em aflição, sempre tentando me apoiar em alguém. Alguém que fosse o eixo de minha existência. Com isso afugentei João.

Aos poucos fui descobrindo: não devo ser apenas mãe, irmã, amante. Preciso ser eu, Nora, com tudo o que isso significa e que ainda tenho que descobrir; que preciso extrair de mim, criando caminhos como João projeta rumos no ventre da terra; produzir com a carne da minha alma os fios que me prenderão ao mundo.

Lancei uma primeira âncora: comprei a casa, inauguro aqui meu ateliê, há quase um ano vivo sem realmente precisar de João.

Mas não estou perfeita: padeço recaídas, hesitações. Há um lugar no jardim que não mandei limpar; e, quando tinha parado de vigiar Henrique dia e noite com minha ansiedade, Rosa me veio com essa história de que o encontrou duas vezes vagando pela casa de madrugada. Pode estar enganada, pois também vela por ele, a quem acompanha desde menino. Mas talvez esteja certa; Rosa conhece coisas que poucos percebem.

— Quem sabe ele vinha da rua?

— De cueca, dona Nora? E não respondeu, tive de encostar a mão no braço dele, aí acordou e ficou meio confuso.

38 | *lya luft*

— Que horas? — pergunto sentindo um arrepio.

— Umas três — ela hesitava.

— Que mais, Rosa? Você está me deixando nervosa.

— Essa noite não foi a primeira. É a segunda vez que pego esse menino andando por aí feito alma penada; faz uma semana mais ou menos, ouvi barulho na porta dos fundos, era ele, querendo subir os degraus vindo do jardim. Não falei, não fiz barulho; ele bateu com a cabeça no vidro da porta, acho que acordou, ficou olhando em volta... entrou, subiu, foi para o quarto. Tive de pegar um pano e limpar o chão onde os pés dele, molhados de sereno, deixaram rastro.

Então, *ela* está aí: a sombra; vem lá de trás, desenrola-se, enrosca-se nos meus calcanhares.

Quando Henrique descer para o café, vou falar a respeito disso.

Sei que não há nada, nesse rapaz de 20 anos, que me possa assustar; sei que meus receios são fruto de ansiedade natural, talvez um pouco de preconceito, Olga diz que quero enfiar meu filho numa moldura convencional, imaginando que assim não sofrerá... pode ser.

•

Levanto-me, inquieta, ando pela sala como numa gruta mal iluminada: amanhã vou brincar de rainha, aqui será meu reino, mas não haverá escravos nem bobo da corte. Chego perto da minha tapeçaria mais recente, quase acabada: em fios de seda num cavalete, tocada de precária luz: pássaros, caramujos, uma pedra como um crânio entre arbustos, uma pequena mão entreabrindo ramagens, um olho escancarado.

a sentinela | 39

Volto para meu lugar no escuro e observo a manhã desvendando um a um os meus objetos: como se tudo nascesse agora, como se fosse o primeiro dia sobre a terra.

Tenho muito o que pensar: o dia de amanhã, os últimos preparativos, a imprensa, o coquetel, meu vestido. Mundanidades, diz Henrique. Mas, na verdade, é nele que penso mais; e nas pessoas que me fizeram, me modelaram, arrancaram pedaços meus, acrescentaram outros. Talvez eu seja apenas uma bricolagem: nariz de um, orelha de outro, boca de um terceiro, coração de muitos.

Por que Rosa não esperou que passasse essa inauguração para me falar de meu filho?

Ela nunca mencionou a gruta, nem sabe que ela existe; certamente viu aquela montoeira de madeiras velhas em cima de uns arbustos, mas não comentou, embora me tenha ajudado a encontrar e corrigir quase todos os defeitos e problemas deste casarão; Rosa sempre foi indispensável.

Assim que o jardineiro vier vou mandar retirar tudo, cortar macegas, remover pedras, deixar tudo raso e limpo. Hoje ainda preciso de algumas garantias.

— Você não tem pena de vender essa casa? — perguntei quando Elsa comunicou que o primeiro corretor viria.

— Nenhuma — olhou-me de frente, ar de menina obstinada, esse ar que desde criança me irritava tanto: sabe que faz uma coisa errada, mas teima, ainda que se arrebente, ainda que os outros sofram, bate pé e faz. O que pode ser engraçado numa menina, mas numa mulher, ou numa velha, é lamentável.

— Mas, mãe, nasci aqui, papai morreu aqui, e a Lilith...

Ela me interrompe, abana a mãozinha:

40 | *Iya luft*

— Tudo sentimentalismo, eu sou uma mulher prática. Sem seu pai a casa perdeu o sentido.

— Mas, mãe, ele morreu há mais de dez anos.

— Para mim é como se tivesse sido ontem — mente, ela mente sempre, mesmo quando não é preciso, por hábito ou vício; e sabe que não estou acreditando. — Não sou romântica como você, como seu pai era. Dinheiro é a coisa mais importante do mundo, essa casa velha me sai muito cara. Além do mais, você vai se casar, morar no apartamento do marido. Para que quer a casa?

Estava decidido, a casa seria vendida; nos anos seguintes Elsa correria mundo em busca de alguma coisa, talvez nem ela soubesse o quê. Viajava em grupinhos de amigas, em excursões com desconhecidos, não para conhecer, compreender, mas para agitar-se, distrair-se do seu vazio. Se parasse, desabaria, fragmentada em lascas podres e poeira. Não acredito que tenha amado nada, ou ninguém, profundamente. Lilith talvez: com quem ainda troca olhares e silêncios; uma velhinha solitária e uma menina magra, quase um rapazinho, um gato ruivo e gordo enroscado no colo. Uma menina e o seu gato Serafim.

Ainda haverá no fundo da nossa gruta uma pedra redonda? Ela servia de trono para Lilith, a rainha, em nossas brincadeiras, quando eu era a escrava e Lino o bobo da corte; e tínhamos de prestar homenagens a Lilith entronizada na pedra, Serafim nos braços, dois pares de olhos amarelos fitando um ponto remoto, enquanto o bobo e eu lidávamos ao seu redor: "Vossa Majestade quer um suco? Um doce? Quer que a abane com esse leque de folhas?"

A gruta era um espaço entre a raiz maior e mais saliente da figueira e o muro; disfarçada por arbustos, era preciso entrea-

a sentinela | 41

bri-los para entrar e, uma vez dentro, tinha-se um perfeito abrigo. Quando Lilith não estava, ou se distraía no quarto, eu entrava sozinha: era o meu esconderijo, onde me sentia poderosa.

Lá ficou oculta a cabeça de meu pai — decepada pela lâmina contra a qual caiu de tal jeito e em tal ângulo, que nem o melhor cirurgião do mundo, com um bisturi milagroso, conseguiria corte tão perfeito.

Em minha imaginação milhares de vezes a acompanhei; breve parada no alto dos três degraus de pedra; um saltinho e outro mais, bamboleara rápida e silenciosa até a gruta, as folhagens farfalhando cúmplices; depois o silêncio de um reino perfeito.

Ninguém sabia, senão eu; tornei-me portanto sua guardiã. Em meus pesadelos descia até ela, cada vez mais oculta porque minha mãe se desinteressara de tudo, especialmente do jardim. E eu via: via a cabeça de meu pai, cabelos ainda crescendo, agora brancos como os musgos em que se enredavam; boca e ouvidos cheios de terra e folhas, insetos entrando e saindo pelo nariz, e vermes. Mas ele parecia não se importar: agora, Mateus *era* a natureza.

Os olhos estavam vivos: de madrugada abriam-se de um golpe, rebrilhando na luz tênue que vinha da casa; e miravam. Não a mim, mas ao futuro que Mateus não acompanhara; a vida da qual desertara, deixando a mim, e a Elsa, e a casa que tinha amado.

Talvez ele se sentisse responsável por mortes, aniquilamentos, solidão. Patriarca falhado, morrera cedo demais. Era preciso vigiar, vigiar, e fazíamos isso. Ele olhava a vida, eu penteava seus cabelos com os dedos, via como se enroscavam em folhas e galhos, subindo por liquens e pedras, perdendo-se na sombra.

42 | *lya luft*

Foi quando tive minhas crises de sonambulismo. Para o médico, nada de espantar numa menina que sofrera duas perdas trágicas. Logo passaria; não me encontrariam mais adormecida nos degraus dos fundos, ou na escada que subia para os quartos. E não haveria mais, diante de minha cama, de manhã, rastros de meus pés úmidos de orvalho.

•

— Você não acha que Mateus era meio solitário? — perguntei a Olga outro dia.

— *Meio* solitário? — ela riu, coçou a cabeça de Otto: — Nosso pai era muito sozinho — soprou a fumaça do cigarro, que subiu pela trepadeira sobre nossas cabeças, estávamos sentadas na varanda da casa dela; flores do tom que em crianças chamávamos cor de maravilha. — Coitado do papai. Uma vez só falei com ele sobre isso, um dia em que Elsa me chateara demais.

— Você sempre me disse que nunca lhe deu importância.

— Não dei. Tentei não dar — ela continuava a acariciar a cabeça do gato. — Não era fácil, apesar de nos encontrarmos pouco, só nas férias. Mas ela exercia uma influência enorme sobre o nosso pai.

— Pois é, eu sei. Cansei de levar castigo dele por coisas que ela inventava, exagerava... parecia feliz quando eu sofria injustiça, era como se assim provasse o seu poder. Sei lá.

— Elsa era superficial, pouco inteligente... usava de um recurso infame: a sedução. Por algum motivo Mateus gostava dela, um dia me disse isso. "Eu gosto dela. Sei que não é fácil de lidar, mas gosto dela, aprendi a ser feliz assim."

a sentinela | 43

— Pois eu queria que ele me tivesse dito ao menos isto: "sei que ela não é fácil de lidar". A mim, sempre dizia que Elsa era maravilhosa.

Minha irmã suspirou: vi que esse assunto, que antes nunca a perturbara, agora a inquietava. Levantou-se bruscamente:

— Vou ver como está esse meu filho — fez sinal com a cabeça para dentro de casa. Na soleira virou-se, um breve sorriso:

— Sabe que vou ser avó de novo? Pedro passou aqui ontem, me contou a novidade.

— Que maravilha, Olga!

— É... pelo menos uma alegria nesta casa — virou-se e mergulhou na sombra, o gato ruivo e gordo atrás.

Fiquei mais um pouco na varanda, imaginando como seria ter um dia no colo um filho de Henrique. Elsa nunca mostrara interesse pelo neto. "Não me sinto avó", afirmava. Comprou uns presentinhos fúteis quando ele nasceu, coisas de pouca serventia; mostrou-o a algumas amigas como se tivesse comprado um vestido novo. Depois, afastou-se. Nessa fase lembrei várias vezes de minha avó Ana, mãe de Mateus. Morava na fazenda e, quando vinha à cidade, Elsa fechava a cara. Não gostava da sogra, achava que cheirava mal, não tinha modos à mesa, que Mateus gastava dinheiro demais com ela.

Certa vez minha avó passou vários meses conosco, devia estar doente. Elsa mandou preparar um quarto estreito e mal iluminado, no térreo, ao lado da lavanderia.

— Embaixo é silencioso e muito mais fresco — disse, como explicação. Minha avó pareceu perfeitamente feliz. Dividiu o aposento em quarto e saleta, com uma cortina velha; tinha um fogãozinho de duas bocas em cima de uma mesa velha;

44 | *lya luft*

gostava de preparar suas refeições, não acompanhava direito os horários da família.

Eu adorava ir ao seu quarto, onde pairava sempre um aroma de água-de-colônia e de roupa limpa, vindo da lavanderia. Nunca faltava um agrado: um biscoito, um refresco, uma história.

A pobreza de minha avó me parecia espantosa, embora Mateus me consolasse:

— Não é nada disso, Nora. Sua avó é tão pobre quanto nós. Mas gosta de viver assim, gente do campo em geral é muito severa, também consigo mesma. Ela não liga para bobagens.

Ele falava do seu jeito seco mas afetuoso, mostrando o quanto gostava da mãe.

Não vi minha avó morta; nem sofri um choque excessivo quando anunciaram sua morte. Mas dias depois, no almoço, de repente caí numa tristeza enorme: o vazio da perda irreparável. Comecei a chorar alto, sem poder me controlar. Lembrava o quartinho modesto que Elsa chamava de "apartamento", as refeições que Ana tomava sozinha; tive remorso pelas vezes em que deixara de visitá-la porque Lilith me propunha algum brinquedo ou precisava de um favor.

Como eu não parasse de soluçar, Elsa suspirou, impaciente:

— Pronto. Já vem essa menina de novo. O que é que você tem agora?

Não consegui responder, mas Mateus compreendeu. Levantou-se e veio até mim; pousou no meu ombro a mão pesada, para me confortar. Mas não disse nada.

Lilith saiu da mesa resmungando. Elsa comia a sobremesa, com ar de enfado.

a sentinela | 45

3 | *Lilith*

*"Não é preciso ser um quarto, para ser
mal-assombrado.
Não é preciso ser uma casa;
A mente tem corredores que superam
Qualquer lugar concreto."*

Emily Dickinson

Henrique vem descendo os degraus. Não me enxerga logo, em meu canto escuro, o resto já exposto ao dia. Está tão bonito que me dá medo: é Lilith, o mesmo jeito de andar como se se esgueirasse; o cabelo; a mão comprida que desliza pelo corrimão. Um grande gato louro, ágil.

Mas, diferente dessa tiazinha morta que só conhece de poucos retratos, Henrique não é oblíquo: seu olhar é aberto, o sorriso firme. Parece cansado, magro demais.

Quando me vê, ri baixinho:

— Dona Penélope saboreando o seu reinado?

Me abraça no meio da sala, descalça fico ainda menor.

— Henrique, você está tão magro que sinto suas costelas, olha aqui.

Ele balança a cabeça, sempre divertido com minhas preocupações:

a sentinela | 49

— Tudo bem, mãe, vou tomar um café da manhã enorme, ficar gordo feito um porco, e mudo meu nome, vai ser Henrique Leitão, que tal?

Enquanto caminhamos abraçados para a cozinha, lembro de um homem bom que subia as escadas imitando os grunhidos de um porco, achando graça, enquanto eu, num canto, me encolhia murcha de vergonha e raiva.

Henrique toma café, come com disposição. Aproveito que está animado e pergunto sobre suas andanças pela casa de madrugada.

— Mãe, eu desço para beber águas às vezes, com esse calor.

— Não é isso. Rosa diz que você parecia estar dormindo.

Ele joga a cabeça para trás, ri, mostra os dentes bonitos, restos de mel na boca.

— A Rosa! Bom, Rosa vê fantasma até ao meio-dia. Ou você acha que fiquei sonâmbulo nesta casa? Hein? — brande a faca, finge que vai cortar meu nariz. Afasto o rosto.

— Não seja bobo, menino, vai me sujar toda. É que Rosa achou esquisito...

Ele me interrompe:

— Mãe, para Rosa *tudo* é muito esquisito. É meio bruxa, a gente sabe disso. Cuidado, qualquer hora baixa o santo aqui na cozinha, vocês duas saem rodopiando.

Ele não me leva a sério: como posso duvidar desse rapaz que se diverte tanto com os meus receios?

— Tudo bem, tudo bem. Mas você anda magro. Com olheiras. De tanto tocar a sua clarineta pela noite.

— Mãe, não é clarineta, é sax. Saxofone. Que eu toco há anos, e você ainda não aprendeu. Faz música, brilha, não tem teclado, pra você é clarineta. Sax, dona Nora, *sax*.

50 | *lya luft*

— Sax... sax.

Ele afasta a cadeira, levanta, lava as mãos na pia da cozinha, joga um beijo para mim, atravessa a sala e sobe a escada aos pulos.

De costas não se parece tanto com Lilith: o perfil dela, o jeito de olhar de baixo, sedutor, são dela; mas a estranha cor dos olhos — essa, herdou de meu pai; é Mateus atrás dessa bela máscara juvenil.

Rosa às vezes comenta sobre Lilith, embora saiba que não gosto:

— Essa sua irmã não tem descanso, dona Nora. Tenho certeza de que anda por aí, procurando alguma coisa. Se a senhora quiser, a gente podia quebrar esse encantamento. Porque isso não lhe faz bem, dona Nora, não faz bem...

Rosa não sabe de nada. Só devo ter lhe dito, alguma vez, que tive uma irmã que morreu menina. Não costumo falar nela. Não há fotos dela em casa, nada mais.

Mas Rosa esteve comigo em casa de Elsa algumas vezes: onde Lilith ainda reina, com seu gato e seu olhar.

Sacudo a cabeça, subo as escadas também, vou dar alguns telefonemas: ainda há muito que fazer.

•

Quem era ela realmente, minha irmã com aquele nome funesto, sedução de minhas fantasias, medo de minhas noites, eixo de meus tormentos?

Elsa me considerava a intrusa e me disse isso com todas as letras, com a desinibição permitida pela velhice; Lilith fora a

a sentinela | 51

plenitude, uma criança perfeita; mas, mal a mãe se recuperara do que chamava "os desastres" da gravidez e parto, chegara eu, a não esperada, o "acidente". Mirrada, de um moreno sem brilho, e tristonha.

— Arrume esse beiço, menina. Dê uma risada, vá se divertir. Será que só a sua irmã tem alegria?

— Mas ela ri é de *vocês* — eu queria dizer; desistia, pois não adiantava contra o poder de Lilith.

Eu a admirava: atrevida, fingida, sabia conduzir as coisas de modo que tudo acabasse bem para ela: alguma maldade na escola, uma desobediência grave em casa. Facilmente passava a culpa para mim; um dia lhe perguntei como conseguia convencer os outros tão facilmente de que eu tinha a culpa de coisas que muitas vezes nem presenciara. Ela falava nesses assuntos com tranquilidade, como se fossem naturais.

— Porque você tem sempre essa cara de condenada — foi a desdenhosa resposta.

Não creio que Lilith me odiasse: não creio que tivesse emoção intensa por nada nem ninguém: era estranhamente autossuficiente.

Talvez tivesse afeto por seu gato: chamava-o de Serafim, porque, dizia, havia um funcionário da escola com esse nome, e tinha "cara de gato". Um animal ruivo, que só não dormia no quarto dela abertamente porque essa era uma das poucas proibições severas que nossa mãe lhe impunha; mas ela me confessara, rindo irônica, que de noite muitas vezes Serafim descia do telhado e entrava pela janela aberta.

Parecia viver só para ela, esfregando-se em suas pernas, lambendo as patas, ou imóvel, apenas os olhos amarelos movendo-se, indiferentes, pela sala.

lya luft

Eu tinha dele um vago horror:

— Gato não é fiel, não é companheiro.

Mas ela, para me provocar, apertava Serafim até ele começar a espernear, botando as garras de fora; ameaçava então jogá-lo em cima de mim; eu saía correndo.

Uma vez perguntei a Elsa, muito mais tarde, onde achara este nome: *Lilith*. Respondeu depressa que era nome de princesa, um romance que lia durante a gravidez. Mas eu sabia que era nome trevoso. Rosa afirma que o espírito que vai nascer sabe qual é seu nome, um nome predestinado; escolhe a família onde vai nascer e a faz intuir o nome com que o batizarão.

Arrepiam-me as coisas com que Rosa lida.

Na aparência, Lilith não era das trevas: loura, magra, ágil, seu riso se ouvia frequentemente pela casa, e eu sabia que estava se divertindo à custa de alguém. Tinha uns ataques de mau humor: ficava num canto, numa sombra interior, e algo saía de dentro dela, pelos olhos, sob os cílios, e me fazia mal. Sentava-se no chão, pernas cruzadas, agarrada ao gato; inacessível.

Mateus vinha agradar; Elsa trazia o doce preferido; eu ficava de longe, sabia que se insistisse levaria uma cusparada bem nos olhos, ela era perita nisso. Também cuspia nas panelas, eu a vi mais de uma vez entrar na cozinha vazia, levantar a tampa de uma panela fervente, cuspir dentro; recolocava a tampa e ia adiante, sem apressar o passo.

Lilith não gostava nem de Lino, a quem tratava mal, depois adulava e ele vinha, feliz. Punha-o de castigo num canto, quando brincavam de escola; esquecia-se dele e o pobre ficava, forçado a olhar só o chão, até Lilith aparecer, com fingida surpresa:

a sentinela | 53

— Lino, Linozinho, coitado de você, sabe que me esqueci? Pensei que você tivesse visto que era tudo brincadeira! — E liberava o pobre.

Nunca entendi essa devoção canina que alguns de nós tínhamos por ela, essa complacência com seu lado perverso, o lado noturno que toda criança tem, mas nela dominava.

Morrendo, Lilith me pregou a última e maior peça: desatinada, a família se esquece de mim, como se eu estivesse também de castigo no canto, cara para a parede; Elsa tinha crises nervosas, só de me ver parecia capaz de arrancar meus olhos com as unhas; livrou-se de mim assim que pôde, e não deve ter sido difícil convencer um Mateus mergulhado em dor a me despachar para o internato como um pacote que estorva.

Sem minha presença em casa, ele se concentrava mais na filha morta? Por que, em vez de se apegar a mim, de finalmente me dar todo o seu robusto afeto, simplesmente me exilava?

Se ao menos eu tivesse morrido no lugar de minha irmã, estariam chorando por mim agora.

Mas Lilith continuaria a grande presença: Elsa mandara pintar dela um retrato em tamanho quase natural, baseado numa fotografia: Lilith imperava na sala, como outrora na gruta, Serafim à frente, os dois com suas pupilas hirtas.

Era um desses retratos cujos olhos nunca desgrudam da gente: tentava não olhar, mas aquilo me atraía, e muitas tardes entrei na sala penumbrosa, sentei-me diante dele, querendo entender.

Lilith realmente pertencia a um outro mundo? Nas festas de família, ou nos dias em que nossos parentes nos visitavam, ou até em aniversários de crianças, ela não parecia presente;

54 | *lya luft*

sentava-se olhando tudo e todos, a um tempo séria e irônica; inventava alguma brincadeira longe dos demais, e se ninguém quisesse acompanhar saía sozinha, ou com seus seguidores: o torturado Lino e esta precária Nora, que teria preferido ficar com tios e primos, mas não conseguia recusar.

Lilith sempre arranjava meios de fazer com que eu me sentisse de fora: criara com Lino um código, como uma língua do pê, que os dois falavam, rápida e arrevezada; assim, eu não os compreendia, e mesmo que quisessem me ensinar eu nunca aprendia, de modo que provavelmente ensinavam errado de propósito. Tinham entre si também um código de sinais: piscar uma vez quer dizer não; duas vezes, quer dizer sim; mas se eu queria imitar, já tinham trocado, agora piscar uma vez era dizer sim.

Talvez Lino fosse apaixonado por ela; às vezes eu flagrava o olhar dele, quando ela se inclinava para lhe dizer alguma coisa em voz baixa, e era toda sedução.

Partilhávamos muito pouco. Eu lhe servia para trazer suco, um livro, fazer-lhe companhia quando entediada, atender seus comandos nas brincadeiras; fora isso, ela me ignorava.

Mas tudo o que eu queria era ser notada; era ser sua igual; que me fizesse cúmplice, até mesmo de suas maldades. Um dia, Lilith achara um passarinho morto no jardim e pusera na soleira da porta de nossa avó Ana, que estava de visita; sabia que Ana gostava de bichos, e ficaria triste; escondia formigas nos lençóis da cozinheira durante o dia; entupia vasos de banheiro com maçarocas de papel; se havia em casa algum objeto quebrado, olhava duramente para alguma das empregadas, e dizia firme: "Foi ela; eu vi." Eu sabia que era mentira.

a sentinela | 55

Em algumas coisas, porém, era uma menina como as outras; colecionava vidrinhos de perfume vazios, de Elsa; pedras coloridas; uma rã num vidro tapado com tecido fino "para poder respirar"; adorava uma bola de cristal que dizia ser presente de uma professora, mas sempre desconfiei que era roubada; e um dia me mostrou um retrato de João, naquele tempo já rapaz, magro e alto, que nos devia julgar um bando de meninas bobas. João das Minas, como o chamaram desde que começou a cursar engenharia de minas, aparecia em casa algumas vezes, filho de alguém da nossa rua. Às vezes conversavam no jardim e, a seu lado no banco, ela era de repente toda mulher, uma damazinha composta, ouvindo, rosto um pouco inclinado para o lado dele, cabelos muito claros tapando um olho; a mão junto da dele, quase encostada.

Tínhamos quartos separados. Elsa dizia que Lilith, tão ordeira, não gostava da minha desarrumação, gavetas abertas, meias embaixo da cama. Mas, sem que eu lhe perguntasse nada, um dia Lilith admitiu com toda a simplicidade com que dizia as coisas mais cruéis:

— Não gosto de dormir no mesmo quarto: você fede.

•

Eu teria suportado todas essas coisas sem ódio se ao menos Mateus não mostrasse predileção por ela. Talvez fosse por ser mais velha; mais inteligente; metida no escritório dele lendo livros difíceis e perguntando sobre as coisas que tinha lido; ficava atenta quando ele respondia, narinas um pouco infladas, os olhos amarelos bem abertos presos no rosto dele; era, também assim, fascinante. Lilith jogava com as pessoas um jogo que eu não compreendia.

Essa era a única coisa que eu não lhe perdoava: que até meu pai ignorasse suas maldades e pusesse aos pés dela o seu poder.

Lilith sempre se vangloriava de que lia pensamentos, até os meus; eu não acreditava inteiramente, mas por vezes, quieta ao meu lado, ela de repente dizia:

— Você está pensando na minha bola de cristal — e era verdade.

Outras vezes, inesperadamente, anunciava:

— Amanhã, vou ficar doente.

Amanhecia com olheiras, febril; eu sabia que não era doença normal como as minhas, mas não sabia explicar. Nesses dias ficava de cama, rodeada de bonecas, ou livros, Elsa e Mateus levavam presentinhos, revistas. Às vezes, eu era chamada para a distrair. Ela me mandava ler páginas de livros que não eram de criança, de modo que eu não entendia nada, as palavras rolando em minha boca, chocando-se nos dentes como pedrinhas.

— Lilith, não me diga que você compreende tudo isso.

— Claro. Não sou boba. Eu sou igual ao papai. Sou a única pessoa na casa com quem ele pode falar desses assuntos.

Talvez inventasse tudo isso; nunca descobri por que ela escolhia esses livros no escritório de Mateus, mas Lilith tinha gostos esquisitos. Também vagava pela casa de madrugada, abria as portas dos quartos, espiava os adormecidos, até as empregadas, e nunca era apanhada.

Saía para o jardim quando estava quente, subia na figueira; ou ficava no peitoril da sua janela, de cara para a lua, me chamava; eu espiava da minha janela, ao lado; lá estava minha irmã,

a sentinela | 57

como uma aparição branca de luar. Ela não tinha medo de ficar sonâmbula, achava lindo.

— Eu, ficar sonâmbula? Quero ser lunática.

— O que é isso? — eu sussurrava, debruçada no meu peitoril.

— Alguém hipnotizado pela lua.

Talvez tudo isso encantasse as pessoas, também João, a quem amei desde aquele tempo; talvez ele até tivesse desejado aquele corpinho magro de mente adulta. Mas ninguém amava Lilith: ficava-se hipnotizado.

Mais tarde João fugia do assunto, nunca falava em Lilith com naturalidade; o assunto o aborrecia; ou lhe dava calafrios? Sentia-se culpado pelo acidente dela, por ter-lhe ensinado aquele truque; ou recusara-se a atender um daqueles seus pedidos extravagantes, e por isso ela se matara?

Eu nunca saberia. Mas uns dias antes da morte de Lilith, encontrei minha irmã chorando, foi a única vez em que a vi chorar. Cabeça enterrada numa almofada, na sala quase escura. Não tive coragem de tocar nela, de perguntar, oferecer consolo. Fiquei parada, olhando; e quando Serafim saltou do encosto do sofá em cima dela, deu-lhe um pontapé tão violento que o jogou longe; esgueirei-me para fora da sala, espantada com a força de que ela era capaz.

Sentia-me um pouco vingada, vendo Lilith infeliz: então, ela também era vulnerável. Mas quando morreu, dias depois, o remorso bafejou minhas costas.

Assim, eu a tornei imortal.

•

Era dia dos seus 13 anos. Ela não queria mais a festa que Elsa preparara com tanta antecedência. A filha estava ficando "mocinha", Lilith estava deixando de ser criança, a plenitude da vida começava em seu corpo, ainda indefinido, mas em que circulava um novo segredo; no rosto fino pairava uma nova sombra: alguma coisa sucedera; eu não sabia o quê, mas lembrei muitas vezes seu pranto sentido na sala, quando parecera apenas uma menina solitária.

Elsa insistiu na festa, agora estava tudo pronto, foi uma das poucas ocasiões em que contrariou a filha, que se deixou finalmente persuadir.

Desceu a escada entre palmas dos convidados, como uma aparição em seu vestido claro, ela que preferia calças compridas e sandálias; usava sapato da mesma cor, um minúsculo salto alto; o cabelo louro iluminado por trás pela claridade do vitral; pela primeira vez, também pensei nela como mulher.

Mas os olhos estavam vermelhos, tinha chorado outra vez. João apareceu, alto e magro, contrafeito no meio daquelas meninotas, poucos rapazes. Lilith não era mais uma menina. João deu-lhe de presente uma correntinha de prata, muito fina; no caixão ela ainda a teria no pescoço. Não rebentara na hora do acidente? Ou alguém a recolocara depois? Não se lembraram de cobrir o pescoço arroxeado com nenhum pano ou véu; a tira de prata reluzia na pele machucada.

Eu não poderia perguntar a João: Lilith seria, para sempre, um assunto tabu. Eu desistia, para não a chamar de volta.

•

a sentinela | 59

Todos estavam no jardim ou na sala cuja porta se abria sobre o gramado; fazia calor. Meninada e adultos de copo na mão, alguns parados por ali, outros sentados em cadeiras de ferro no jardim. Vozes falando alto, às vezes ouvia-se a risada forte de meu pai. Não percebi que Lilith desaparecera.

De repente alguém apontou para a figueira acima do caramanchão de buganvílias que meu pai mesmo mandara construir, junto da gruta onde Lilith ultimamente não brincava mais.

Vários rostos se voltaram para lá, expressões de espanto, ou riso.

Lilith subira, como sempre, pelo caramanchão até um galho da figueira; embora crescida, continuava leve e ágil. Estava descalça, o vestido leve mostrava as pernas finas.

Não tive nenhum pressentimento; nem nas minhas mais doidas fantasias imaginara nada igual. Então Lilith sentou-se no galho, estendeu as duas mãos, com uma corda.

Os convidados soltaram uma exclamação de espanto, abafada e uníssona. Pouquíssimos ali deviam saber do que se tratava, a não ser os de casa. E João. Lembro seu rosto, boquiaberto, a mão levantada como se a quisesse deter, ainda, no último momento.

A voz de Mateus chamou, imperiosa:

— Lilith! Deixe de bobagem. Desça já daí!

Mateus a proibira de brincar daquilo, mas naturalmente ela se exercitava quando ele não estava em casa; tornara-se perita.

Era a brincadeira do enforcado. Ela se jogaria do galho, segurando-se na corda, mas fingia tão bem, mãos na altura do pescoço, que a gente jurava que se estava enforcando de verdade, olhos esbugalhados, pernas chutando o ar.

Não sei se Mateus atinou que alguma coisa ali estava muito errada, quando chamou uma segunda vez, um grito agoniado:

60 | *lya luft*

— Liliiiith!

Mas era tarde. Com um brado de triunfo, minha irmã se jogara do galho; varou o espaço num trajeto curto, mas o solavanco que seu corpo sofreu quando a corda ficou esticada não era o mesmo de quando fazia aquilo de brincadeira, para nos assustar.

Com o choque, a cabeça entortou grotescamente; os olhos arregalaram-se como diante de uma medonha aparição; pernas e braços debatiam-se feito loucos, e ela começou a girar lentamente, ali dependurada.

Alternadamente, as pessoas faziam silêncio, depois gritavam em confusão. Correria, cadeiras derrubadas, a voz aguda de Elsa. Mateus ofegava e gemia como um bicho, escalando o caramanchão de ripas frágeis, que de repente começou a desabar com ruído.

Foi João quem afinal a tirou de lá; não vi direito porque estava cega de lágrimas e rouca de gritar; cortou a corda com uma faca de cozinha que alguém lhe deu; desceu a escada com ela nos braços como uma boneca desengonçada.

Levaram-na para o hospital; mas já estava morta.

O choro de Mateus, quando a trouxeram para ser velada em casa, parecia um mugido; tiveram de dar uma injeção em Elsa, para que parasse de gritar. Uma Lilith hierática imperava na sala, entronizada em seu caixão branco de rosinhas esculpidas, sobre o rosto um véu de tule rosa pálido.

Ninguém parecia se lembrar de mim; ninguém me consolava. Lino, já adolescente, ainda torto e triste, ficou na cozinha com sua mãe; colegas e professores me abraçavam rapidamente, mas postavam-se junto de Lilith; meus pais não se aproximaram de mim nenhuma vez. Não tínhamos nada em comum.

a sentinela | 61

Olga chegou quase na hora do enterro, interrompendo sua lua de mel; não gostava de Lilith, mas olhou para ela longo tempo, passou a mão docemente pelo seu rosto magro; depois ficou junto de Mateus, que se agarrava nela, velho e trêmulo. Mais tarde veio para meu lado e não me largou.

Antes de fecharem o caixão, alguém me empurrou para que me despedisse de minha irmã. Eu não quis ir, mas a mão de Olga era firme na minha.

Lá estava Lilith: mais enigmática do que nunca, quase bela; língua recolhida, cílios baixados.

Onde está você agora, neste momento, Lilith? Pode ouvir nosso pai chorando desse jeito horrível? Sabe que nossa mãe desmaiou? Consegue ler meus pensamentos, de verdade, agora? Eu sempre quis que você deixasse um lugar para mim na casa, mas não desta maneira...

Mesmo que ela quisesse responder, eu não tinha acesso à sua nova linguagem.

•

Acho que nesse dia Olga e eu começamos a ser realmente irmãs. Mais que isso: transpondo a metade do sangue que não tínhamos em comum, ela se tornou minha mãe, tanto quanto pôde. Seu coração vigoroso me adotou, ela me pariu ali mesmo, sentada em minha cama, me embalando até eu conseguir dormir.

Na noite funda, na casa quieta, Mateus finalmente calado, escorregando para o sono escutei miados lamentosos de Serafim no telhado; ninguém se lembrara dele nas horas de horror. Quando o procuraram, no dia seguinte, sumira para sempre.

62 | *lya luft*

4 | *Mateus*

"Muitíssima coisa está sendo varrida para debaixo do tapete: espanto e terror, esse é o nosso destino."

Camille Paglia

Alguém me contou uma singular experiência com meu pai, em seu último ano de vida. Fora nos visitar, era filho de um antigo colega; Mateus o levara para conversarem no escritório, deixando em paz uma Elsa ainda arrasada. O jovem assustara-se com a apatia de meu pai, que só se iluminara um pouco quando o visitante mostrara espanto pelos muitos livros que forravam as paredes.

Mateus então dissera com simplicidade, abarcando com um gesto o aposento inteiro:

— Estes são os meus amigos.

Eu já era adulta quando soube disso; e por um momento todo o contido amor por Mateus voltou a me dominar, quase senti o seu cheiro, quase me perdi no seu abraço forte, quase ouvi sua grande voz chamando por alguém.

a sentinela | 65

Ele teria tido poucos amigos? Mas eu lembrava sempre seu prazer em dividir sua mesa, em servir um bom vinho, em jogar cartas; Elsa não gostava muito dessas ocasiões, para ela o que valia eram as noitadas realmente sociais, em clubes, em festas às quais Mateus comparecia meio contrariado; considerava-se sem jeito para essas coisas "finas".

Claro que meu pai tinha amigos; um colega de faculdade que vinha jogar xadrez; conhecidos com quem organizava caçadas em fazendas; gente a quem exibia o seu grande amor: suas terras.

Lá pude vê-lo raras vezes porque Lilith e Elsa detestavam o campo, portanto eu quase não podia ir: era o seu verdadeiro ambiente, ali podia falar alto, pisar forte, quanto quisesse. Andava a cavalo ou disparava em seu jipe, rosto suado, cabelo desgrenhado, riso largo.

Um dia eu veria assim minha irmã Olga, inacreditavelmente parecida com ele; mas naqueles anos Olga estava afastada, dando aulas, abrindo consultório, e sendo mulher de Albano. Vinha para me ver, escrevia-me, falávamos ao telefone: eu sabia que agora tinha uma espécie de mãe, embora nada substituísse aquela verdadeira, que não gostava de mim.

Realmente não teria me amado? Ou me amou do jeito que pôde? Quis me amar, e eu não entendi?

•

Passei a ter esperança de conquistar um lugar meu na casa, no coração de meus pais; oscilava entre alegria por esse projeto e uma estranha sensação de culpa, porque eu desejara tanto remover Lilith do seu reinado; só que não daquele jeito.

Achei que Elsa me chamaria de "minha princesa" e não "essa menina aí". Que Mateus não seria meu amigo só no escondido de seu escritório e com tamanha parcimônia; que minhas notas melhorariam, eu seria motivo de orgulho, Elsa não me perseguiria mais pela minha falta de ordem.

Mas cedo vi que, também morta, Lilith era onipresente; não dominava apenas o ângulo da sala que seus olhos de gata abrangiam.

Continuava em nossa vida como num pedestal, Serafim nos braços, meus pais, arrasados, prestando-lhe a homenagem de sua dor. Eu a um canto, espiando, solitária.

Minhas tímidas iniciativas de consolar Elsa foram sempre repelidas, só faltava ela dizer que era um atrevimento eu estar viva, comendo, bebendo, indo à escola, quando a filha amada se fora.

Mateus não me dava atenção; fechava-se no escritório, cheirava a bebida, desaparecia dias a fio na fazenda, enquanto Elsa reclamava de estar abandonada por todos.

Mas depois minha mãe passou a ficar muito interessada em mim. Gritos, tapas, xingamentos, eram meu inferno quase cotidiano; e, sempre, a sensação de ser espionada: Elsa me controlava a cada passo; eu não tinha sossego nem em meu quarto, minha mãe entrava, sem bater (eu não tinha permissão de passar a chave), abria a porta num arranco, reclamava: a janela estava fechada, ou aberta, o armário em desordem.

Acontecia de eu estar no escritório de Mateus, lendo junto dele, ou conversando; ele agora, ainda alquebrado, parecia mais paciente, mais precisado de companhia. Elsa abria a porta, com o mesmo ímpeto, e parava na soleira, fuzilando-nos com os olhos:

— Falando mal de mim?

a sentinela | 67

Nessas ocasiões, até Mateus parecia incomodado.

Às vezes eu tapava os ouvidos, gritava, histérica:

— Me deixa em paz, me deixa *em paz*!

Naquelas férias de verão, antes do começo das aulas, Mateus mandou me chamar para o escritório. Fui, imaginando o que Elsa teria dito dessa vez. Parada diante de sua mesa de tampa de vidro escuro, observei como estava velho; o corpo enorme desabara um pouco para a frente; ocupava menos espaço, agora, na casa.

Eu não tinha ideia do que ele queria comigo, mas, falando baixo, revirando nas mãos a bola de cristal que estava sempre em sua mesa, ele me disse o que planejavam para mim:

Eu ia cursar o ano em outra escola; o internato, na cidade vizinha, onde Olga passara "tantos anos felizes".

— Olga foi feliz lá, gostava muito, pode perguntar a ela — pela primeira vez Mateus me encarou de frente naquele encontro. Deve ter notado minha incredulidade; concentrou-se de novo na bola de cristal. — Foi feliz lá — repetiu pela terceira vez. — E você também vai gostar.

Eu pensava: Olga nunca teve casa, ela não tinha *mãe*!

Por fim consegui murmurar:

— Mas, pai, por quê? O que foi que eu fiz? — Acrescentei: — Vocês não me querem aqui? — mas tão baixo que talvez ele nem tenha ouvido.

Não tinham me dito nada. Eu nem fora consultada, tudo preparado na calada dos últimos meses, sem eu saber? Traição: era o que eu sentia.

Depois falei alto, quase num grito:

— Pai, *eu adoro esta casa*! Não quero ir embora daqui! Não quero ficar longe de você! — e desatei num pranto desamparado.

Em vez de se condoer, ele agora falava firme, parecia com raiva e pressa para acabar tudo aquilo.

Recostado para trás na cadeira, olhando-me com firmeza, disse:

— Nora, sua relação com sua mãe é péssima, ela só tem queixas... e na escola também não foi nada bem. Você tem uma mãe maravilhosa, eu faço tudo o que posso por você, melhor escola, boa casa... e veja o que recebemos em troca. Você é uma filha ingrata...

Pensei, sem falar, você acha que eu tenho culpa da morte dela?

Mateus continuava recitando meus males:

— ... é uma menina rebelde, desorganizada, tem poucas amizades, é péssima aluna. Lá vai ter o que lhe faltou aqui: disciplina. Temos sido muito condescendentes, sua mãe e eu — e acrescentou, mais baixo: — Falhei na sua educação, Nora. Agora, vou transferir para outros essa responsabilidade. É para o seu próprio bem.

Eu ainda não podia acreditar. Tentei argumentar, sufocada de pranto, tentei discutir, implorar. Mas, entre o meu pai barulhento e vital e aquele homem distante, erguia-se a sombra onipotente e onipresente da filha morta.

●

No dia seguinte, depois de chorar quase toda a noite, descobri que até meu enxoval estava pronto: Elsa preparara tudo sem me informar. Traição: a palavra retumbava em meus ouvidos, o dia todo e toda a noite. Os uniformes de tecido grosseiro estavam

a sentinela | 69

prontos, as roupas de cama brancas, monograma bordado. Tudo numa enorme mala preta que parecia um caixão. Não o de Lilith: este, fora branco com rosinhas.

Teria de deixar meu quarto, o jardim, meus objetos e amigas; mas o quarto de Lilith era mantido como no momento em que dele saíra para descer as escadas e ter a sua derradeira festa. Elsa trancava tudo a chave, só a entregava para quem fosse limpar, uma vez por semana. Numa dessas ocasiões entrei e levei um choque; até os cadernos abertos sobre a mesa; ao lado da cama, um comovente par de chinelinhos usados, tortos. Era o que restara de minha irmã, essa por culpa de quem eu estava sendo exilada.

Nem a longa carta de Olga, cantando as delícias do lugar, me ajudou a sofrer menos na viagem até o internato. Chorei durante todo o trajeto, baixinho, sem poder nem querer parar; Mateus, dirigindo o carro, só uma vez passou a mão em meu cabelo, rapidamente, balançou a cabeça estalando a língua várias vezes, mostrando sua reprovação, levemente divertida. Eu me senti ainda mais solitária.

E ele me pareceu mais alto, mais distante do que nunca, no saguão de ladrilhos pretos e brancos onde ficamos aguardando. Quis pedir que me pegasse no colo, mas seria ridículo, com o meu tamanho.

Meu pai nem ao menos segurava a minha mão gelada.

Fui tangida de um lado para outro, a diretora da casa, a diretora do internato, uma ou duas colegas. Finalmente, a despedida: Mateus parecia ter pressa de ir embora. "Fique firme, comporte-se", foi só o que me disse.

Atordoada, vi seu carro sumir numa esquina como, anos atrás, o via desaparecer numa curva da estradinha que levava

70 | *lya luft*

à casa de tia Luísa. Só que desta vez queriam se livrar de mim por muito mais tempo.

Eu acabava de fazer 12 anos, naturalmente sem nenhuma comemoração por causa do luto. O internato era o meu presente de aniversário.

•

Não me adaptei; não me deixei disciplinar; sonhava em ser expulsa da escola. Mas foram mais obstinados que eu, mais pacientes. Minha notas continuaram péssimas; nem autoridade nem bondade me comoviam.

Mateus escrevia cartas iradas ou tristes; Olga escrevia e telefonava, tentando me encorajar; Elsa se calava. Uma vez, uma única, nos primeiros meses, mandou-me, por uma colega que fora passar uns dias em nossa cidade, um bolo de chocolate. Era um bolo escuro, úmido, e muito doce. Foi um dos meus momentos de fraqueza: eu, que vivia encarniçada, fechada e dura, devorei o bolo sozinha, sentada sobre a cama na minha pequena cela separada de dezenas de outras, no dormitório, por biombos de pano branco. Comia e chorava, engolia enormes bocados daquele doce como se quisesse enfiar minha mãe dentro de mim, para que fosse minha, e me amasse, e me conhecesse.

Mas raramente chorei, naquele longo tempo.

Nas férias em casa, notei o quanto tudo estava mudado; as pessoas ainda falavam baixo, ainda caminhavam sem ruído, como se Lilith pudesse ser acordada naquele seu estranho sono. Fui ao cemitério com Mateus e me arrependi: sobre uma pedra

a sentinela | 71

de mármore branco, uma fotografia de Lilith me olhava lá de seu novo mundo, talvez quisesse me dizer alguma coisa.

Lilith estava por toda parte, isso não mudara em nossa casa: intangível, indizível presença. Mateus mandara cortar os dois galhos baixos da figueira, como se assim ninguém mais pudesse se enforcar ali; o caramanchão continuava adernando para um lado, ninguém o mandou consertar. Na sala, entronizado, o retrato de minha irmã.

Mas não era só por esse sinal que ela continuava presente: sua vida estrangulada continuava a pulsar, a querer, a ansiar. Não chegara ao fim: palpitava em tudo, especialmente em minha memória.

Um grupo de antigas colegas veio me visitar, e depois de muitos rodeios, olhando em volta, falaram em "boatos" que havia entre amigos, parentes.

— Boatos? Mas que boatos? — Num instante, pensei que meus pais fossem se separar: quem sabe, sozinho, Mateus me traria de volta?

— Dizem — afirmou uma das meninas, olho arregalado, enquanto as outras balançavam as cabeças afirmativamente, para não me deixar duvidar —, dizem que Lilith não morreu. Quer dizer, que continua pela casa... — as últimas palavras saíram num sussurro.

Recuei, cabelos eriçados nos braços e no couro cabeludo:

— Pela casa? Mas como? Que ideia! — Fui veemente porque estava assustada.

— A cozinheira que trabalhou aqui anos e anos não foi embora? Pois ela contou que foi por isso, via sua irmã na escada, ou atrás das janelas, acenando.

72 | *lya luft*

— Essas pessoas são ignorantes — eu me fazia de superior. Mas não teria notado, alguma vez, um sinal daquele horror? Meu pai não ficaria às vezes alerta, cabeça um pouco virada, como se escutasse um passo, uma voz? Eu já não o vira parado na sala, junto da porta dos fundos, testa encostada na vidraça, como se perscrutasse, na noite, alguma coisa junto da figueira?

Mudei de assunto, mas depois dessa conversa mais de uma vez me virei, de súbito, caminhando no corredor: Lilith estaria no meu encalço? E aquele movimento atrás da vidraça, era ela me chamando?

Passei muitas noites de terror por causa disso, mas realmente nunca vi, nem ouvi nada; só a ausência dela, e aquele quadro, afirmavam que Lilith não morreria inteiramente.

●

Certa vez Lino veio falar comigo. Torto e triste, como dizia Mateus, trazia roupas que sua mãe lavara; disse que pensava em pegar um emprego. Pobre Lino, corcunda e de respiração difícil, brilhava adoração em seus olhos quando, talvez por perversidade, o chamei para que viesse admirar Lilith na sala.

Mas ele não disse uma palavra. Nunca mais falou nela; nunca perguntou, nunca respondeu; no futuro seria assim também, como se não devêssemos falar; como se ali houvesse um perigo; como se fôssemos, um pouco, réus daquela morte.

●

a sentinela | 73

Henrique acaba de sair em seu carro. Não sabe se volta para o almoço. À tarde vai para o novo emprego, já teve vários depois que terminou, com atraso, o segundo grau. Seu interesse é a música; trabalha só enquanto não puder se sustentar fazendo o que gosta, e para que eu o aborreça menos com meus conselhos.

Antes de sair pelo portão enfia a cabeça pela janela, como se soubesse que estou ali em cima, olhando; acena com a mão muito branca, cabelo louro ao vento, sai cantando os pneus.

Talvez vá ensaiar na casa de um amigo. Já disse que aqui há espaço, podem instalar seu estúdio no térreo onde ficava o "apartamento" de Ana e a lavanderia desocupada, não me importo de fazer uma pequena reforma. Ele não gostou da ideia.

— Mãe, a senhora quer sossego para trabalhar. Já imaginou essas moças todas tecendo seus tapetes com a barulheira de uma banda? Nem pensar.

Portanto, mesmo que eu não queira, meu filho vai escapulindo para a sua vida. Coisa que preciso respeitar, já brigamos incontáveis vezes por causa disso; ultimamente quase não discutimos: também eu preciso escapar para a minha vida.

A música de Henrique é uma das coisas inquietantes nele. Não acho que seja apenas um rapaz animado com sua banda. Quando toca em seu quarto, sem que eu o veja, a música me arrasta para um território que punge, assusta e atrai. Há nela algo lamentoso, como de um animal atocaiado; sensual, como um corpo chamando; sombrio, como alguém inaugurando a própria morte, ou querendo voltar dela, desassossegado.

— Acho que não sou uma boa mãe — digo a Olga numa dessas nossas conversas cada vez mais frequentes e mais longas desde que Albano adoeceu. — Você sabe que adoro meu

74 | *lya luft*

filho, mas, não sei; às vezes ele me dá medo. Inquietação — corrijo depressa.

Olga me olha de lado, sempre apertando os olhos por causa da fumaça do cigarro:

— Você está ficando louca. Não há nada em Henrique para ter medo, ou se inquietar.

— É preocupação. Não pensa em fazer uma faculdade, tem um emprego de que não gosta muito, aliás vive trocando de emprego. Para ele, é só música, tocar sax na noite, mas que futuro tem isso? Não gosto muito dos amigos dele, parece que não vão crescer nunca. Lembra do ano que perdeu na escola porque tinham aquela mania de sair pelo país de carona, para conhecer o mundo? Isso passou, eu sei, mas eu me preocupo.

— Nora, as pessoas não são iguais. Não cabem todas dentro da mesma moldura. Henrique é uma alma inquieta, sim. É um artista. Você sabe como toca bem, essa é a sua maneira de ser feliz. Deixe seu filho procurar o caminho que lhe serve. Você já se aborreceu com tantas bobagens, o cabelo dele, a roupa, o jeito. Preste mais atenção nos seus lados positivos: são muitos.

— Mas Pedro sempre soube o que queria, está casado, pai de família; você não tem preocupação com ele.

Olga ri, olha um ponto qualquer à sua frente.

— Você é uma alma cândida, minha irmã. — E quando interrogo, não me dá nenhuma explicação.

•

Minhas artesãs chegaram; distribuo tarefas, comentamos detalhes, estão animadas e nervosas com o dia de amanhã.

a sentinela | 75

Refugiada no escritório de Mateus, que hoje é meu, dou uns telefonemas; no porão, junto com a cadeira de balanço de Ana, encontrei a escrivaninha de meu pai; o tampo de vidro grosso, verde-escuro, está rachado no meio, mas ainda serve. Gosto de abrir caminho para as memórias desenhando com o dedo nessa superfície: como um líquido verde onde dormem peixes e medusas.

Minha relação com Mateus foi ficando cada vez mais ambígua: de um lado, ele me dava segurança; quando entrava em casa, especialmente à noite, meu mundo ainda ficava em ordem; seus passos no corredor me alegravam quando eu era bem pequena, e ele ainda não me castigava a pedido de Elsa. Sei que gostava de mim, talvez não como de Lilith, mas me levava a andar pelo jardim, me ensinava nomes de bichos, plantas, um dia me botou em sua garupa num cavalo, mas chorei tanto que ele nunca mais tentou. Elsa detestava a fazenda, insetos e calor; Lilith não podia tomar muito sol; de modo que o lugar era uma espécie de raro paraíso, para onde eu iria com Mateus quando crescesse, e seria feliz.

Mateus me protegia de medos, ladrões, fantasmas. Mas não me protegia de Elsa. E quando cresci um pouco, começou a me castigar por coisas que eu não tinha feito; que Elsa inventava ou exagerava, para me ver punida. Eu não podia escapar do seu controle, mas simplesmente me recusava a obedecer. Em vez de ficar disciplinada, relaxava cada vez mais; em lugar de arrumar minhas coisas, deixava tudo jogado; e quando ela vinha, com seu passinho enérgico, de longe reclamando, criticando, eu ficava tesa, e quieta, olhando para ela, dura como se fosse pedra. Eu queria ser uma estátua de pedra, para que nada mais me atingisse. Teria um punho enorme, com o qual a poderia esmagar.

76 | *lya luft*

Mas a realidade não era essa.

— Pai, por que mamãe está sempre zangada comigo?

— Porque é uma mãe maravilhosa, quer cuidar bem da casa, e criar bem vocês. Mas você é rebelde demais, Patinha, precisa ser mais obediente, mais doce.

Nunca tive coragem de perguntar se quando me chamava de Patinha era por causa do Patinho Feio do livro de histórias, que eu achava tão triste.

Passei momentos deliciosos com meu pai, especialmente quando me deixava ficar lendo ou vendo figuras em seu escritório, perto dele. Muitas vezes eu nem virava as folhas: apenas ficava ali, segura e tranquila sentindo o cheiro das poltronas de couro, dos livros, da água-de-colônia dele.

Mas Elsa podia chegar a qualquer momento. Mateus nunca a mandava embora, ela interromperia minha felicidade sem complacência. E Mateus não pareceria aborrecido: ao contrário, levantaria para ela uns olhos carinhosos como nunca voltava para mim; pegava a mão dela, beijava, e quando ela me criticava nunca me dava qualquer sinal de solidariedade.

Assim, meu coração se transformava num território minado por dúvidas quanto a tudo, e todos.

•

Mateus foi a minha grande, irreparável perda: alguma raiz importante foi cortada dentro de mim. Se tive rumo, também o perdi; se é que alguém tem rumo aos 13 anos. Seja como for, romperam-se as correntes e passei a andar à deriva.

Tive um último e raro dia feliz em minha meninice: o aniversário de Elsa era nas férias de inverno, portanto eu viera do internato, onde estava há um ano e meio. Mateus decidira fazer uma pequena comemoração:

— Assim sua mãe se alegra um pouco, seus dois últimos aniversários foram muito tristes.

Ganhei roupa nova; Elsa chegou a me elogiar; andava mais contente porque ela e meu pai planejavam uma longa viagem, para que ela se recuperasse da morte da filha. Até o fantasma de Lilith estava aquietado, fechado no retrato na sala com seu gato Serafim. Todo mundo parecia empenhado em nos animar.

Eu gostava dessas reuniões de família e poucos amigos, que Mateus recebia: ele gostava de gente. E fiquei feliz em ouvir sua risada, em vê-lo abraçar as pessoas, até mesmo em ver como se iluminava olhando para Elsa.

Nessa noite, também me senti importante: todos queriam saber do internato, e eu contava, e inventava casos engraçados, rodeada de primos que antes não me davam muita importância.

Pensei que meus tormentos estariam acabando. O internato me fortalecera, me dera coragem, um dia Mateus compreenderia que eu não merecia aquele castigo tão prolongado, e me chamaria de volta, para ocupar meu lugar de filha junto dele; eu iria crescer, ser como uma dessas mulheres adultas, bem-vestidas, fascinantes, que o rodeavam.

Confinada ao internato ou a uma casa triste, eu ansiava pela vida, sem saber direito o que significava isso.

●

Vi meu pai, parado, copo na mão, olhar na porta que dava para o jardim, fechada por causa do frio. Voltou o rosto para lá uma segunda vez. Sentada, prato de bolo no colo, garfo a meio caminho da boca, fiquei suspensa, atenta, nem eu sabia por quê; na segunda vez que se virou para lá, Mateus levou também o corpo, girou nos calcanhares, escancarou a boca, num grito; mas não ouvi nada.

Alguma coisa ele avistou, medonha, atrás da vidraça; seus olhos pareciam não acabar de se abrir, aquela boca de peixe agoniado começou a soltar então o grito, o berro, o mugido.

Mateus largou o copo quando eu larguei o garfo, e pensei: a mãe vai ficar furiosa, meu vestido manchado de chocolate. Dando mais outros mugidos, meu pai se jogou contra a porta.

No fragor de vidraças quebradas em sucessão como se fossem várias camadas explodindo, meu pai se lançou para a noite e a morte.

O vidro era grosso; o corpo projetou-se em tal ângulo, com tamanha força, que uma lâmina penetrou com precisão nos interstícios, abrindo caminho fácil, e separou sua cabeça do corpo.

A cabeça de Mateus saltou do outro lado da porta, enquanto ali dentro, esguichando sangue e debatendo-se, o corpo abriu ao seu redor uma clareira de gente querendo escapar.

Mais uma vez em nossa casa gritos, correrias, terror; um som arquejante sobrepondo-se a todos, reboando em minha cabeça, pensei "vou morrer, vou morrer", e muito vagamente percebi que era minha voz.

Acordei no quarto; Olga me dava alguma coisa forte para cheirar, acariciava meu rosto, a testa úmida de suor frio; eu batia os dentes.

a sentinela | 79

Comecei a me debater e a espernear, Olga se debruçou sobre mim, senti a picada de uma injeção, misericordiosa, e enquanto minha irmã me segurava firme em seus braços, também escorreguei para uma noite escura e boa, como um colo de mãe.

•

Desci para o velório quase carregada por Olga e Albano. O caixão estava fechado, todos abriram caminho para que eu desse aqueles tremendos passos; livrei-me das mãos de todos, e fui sozinha. Nem me lembrei de Elsa; não sei onde estava; provavelmente, fechada em seu quarto, aos cuidados de alguém.

Pedi que abrissem o caixão, queria ver Mateus, alguém respondeu, severo:

— Deixe seu pai em paz, Nora.

Mais tarde comecei a achar que o caixão era pequeno para alguém da estatura de Mateus. Ou a gente encolhia na morte, como a língua de minha irmã? E quem enterraria um homem sem a sua cabeça? Claro que tinham procurado no escuro, e guardado para sempre junto do corpo.

Ou a teriam esquecido no jardim, atarantados, tanto sangue, Elsa desesperada, o meu desmaio, e ainda aquele corpo que não parava de se debater e sangrar? Nunca se sabia o que poderia acontecer numa hora dessas, noturna e primitiva, hora de horrores.

Confiei minha dúvida a Olga, sempre presente, muito branca, a maternidade recente ainda deixando vestígios em seu corpo. Eu praticamente nem via o bebê, a quem ela pegava seguidamente para amamentar. Em outros tempos, o menino seria o meu encantamento; mas em mim havia agora a morte, não a vida. Olga me tranquilizava, claro que *ninguém* iria enterrar nosso pai sem cabeça, *claro* que o caixão fora de tamanho normal, eu não devia me preocupar com esses sobressaltos, os pesadelos, era tudo natural naquelas circunstâncias.

Voltei a ter medo de escuro, como quando era bem pequena; Olga deixava uma luzinha vermelha acesa num canto; mas era pior, porque eu via por toda parte os olhos de Lilith, ou a solitária cabeça de meu pai. Como teria sido? Caíra pelos degraus de pedra, o sangue em seu rastro fumegando no ar frio? Prosseguira depois o seu caminho para a treva, o nada, o ventre da gruta que fora meu esconderijo algumas vezes, e, sempre, o reino absoluto de Lilith?

Rondei a gruta algumas vezes, de dia, sem coragem de chegar perto. Queria meter as mãos na vegetação, abrir, olhar, me certificar; não tinha coragem.

Então, comecei a fazer isso em sonhos; pesadelos em que sem medo algum fazia o que tinha de fazer. Descia pela escada, quando todos dormiam; chegava ao jardim, ia até o recanto debaixo da figueira, e nem precisava de muita luz: o instinto, ou o amor, me guiavam; entrava na gruta, onde a cabeça de meu pai se fundia com a terra, as folhas. Eu penteava os cabelos de meu pai, com os dedos, ajeitava tudo, para que ficasse bem; ele abria seus olhos de folhas úmidas, e olhava, vigilante. Formigas, vermes, terra musgosa, ele não se importava, agora fazia parte de tudo isso.

Nunca tive coragem de perguntar sobre a morte dela. Por muito tempo acreditei que sua cabeça estava na gruta, ele continuava lá, cuidando das coisas que tivera de deixar cedo demais; fazendo companhia a Lilith. Elsa dizia isso:

a sentinela | 81

— Coitadinha da minha filha, não queria ficar só, e chamou o pai.

Depois, a sensação pavorosa passava: não havia nada lá, eu nem precisava verificar, claro que fora tudo pesadelo, impressão de menina nervosa, o choque. E assim, por muitos e muitos anos, Mateus estava inteiro ou mutilado em sua morte.

Havia uma pessoa com quem talvez eu pudesse falar; talvez me contasse a verdade, por pior que fosse; mas essa pessoa não diria nada. Era o bobo da corte da rainha Lilith; tenho certeza de que o vi parado entre os adultos, logo antes de Mateus morrer, longe de nós, os menores; segurava um copo na mão, entortava fortemente a cabeça para olhar para os demais, derrubado que vivia sob o peso de uma grande pedra, ou por uma grande ventania.

●

Naturalmente, perdi mais aquele ano de escola; ninguém pensou em me mandar de volta para o internato, Elsa passou os primeiros meses fechada no quarto, para onde eu levava sua comida, ou ela me chamava quando as outras pessoas da casa não podiam. Pela primeira vez, não era uma mulherzinha "mignon" e bem pintada, andando pela casa de salto alto e nariz empinado, me perseguindo; mas um montinho de miséria, e autocomiseração. O que seria dela agora? Como Mateus pudera deixá-la assim? Ela nunca assinara um cheque, como tomaria conta da casa? Odiava o campo de onde Mateus tirava o sustento; tudo era motivo de lamentação.

Nunca, nem uma só vez, uma palavra para mim; nunca um afago, nunca uma tentativa de conforto ou aproximação.

lya luft

Uma vez ela me interrogou: que história era essa de sonambulismo? Olga comentara com ela, praticamente a acusara de não cuidar de mim; eu precisava de cuidados médicos, de sossego, de distração. Como me atrevia a vagar pela casa, incomodando as pessoas, e causando-lhe ainda mais preocupação?

— Não é nada, mãe, são pesadelos, mas vai passar.

Ela me olhou com seus olhinhos pretos:

— Que pesadelos?

Pensei em mentir como tanto fazia, mas dessa vez eu tinha algum poder, eu estava no controle, e não a poupei:

— Sonho que a cabeça de meu pai não foi enterrada com ele, que está no jardim, ali, embaixo da figueira.

Ela se jogou para trás na cama, tapou o rosto com as mãos, ficou calada um tempo, depois gemeu alto.

— Saia daqui... saia daqui!

Fugi como uma condenada.

Olga vinha me ver seguidamente, mas precisava cuidar do filho, retomar a vida, o consultório; tinham-se mudado para a nossa cidade porque Albano conseguira um excelente cargo num grande laboratório, e onde ele estava bem, Olga se adaptaria. Eu a visitava frequentemente, e quando fiquei muito abatida, e se passaram meses sem sinal de melhorar, passei com ela longas temporadas. Cuidar de Pedro, sentir a atmosfera boa daquela casa, me fez bem. Albano era bem-humorado, afetuoso; o jeito de Olga fez o resto: fui me recompondo.

Mas eu tinha uma casa, e tinha Elsa, que não permitiria que filha sua ficasse com "outras pessoas"; Olga não era do "mesmo sangue" que ela. Quando voltei, perguntou se minha irmã me fazia "trabalhar".

a sentinela | 83

— Trabalhar como?

— Ajudou a limpar o chão, fazer comida?

— Não. Só nos fins de semana quando a cozinheira tinha folga, eu ajudo.

— Ah.

— Por quê?

— Pensei que ela tinha feito você pagar sua comida trabalhando. Essa era minha mãe.

Mesmo estando em casa, meus pesadelos com Mateus vigilante na gruta, Mateus sendo a natureza, foram passando. Voltei à escola antiga, e quando concluí o segundo grau não tinha qualquer interesse por coisa alguma. Tomei aulas de desenho, gostava disso; tomei aulas de canto e piano, mas gostava mesmo era de cantar, e tinha boa voz. Elsa achava ridículo, me imitava quando eu estudava escalas, desisti.

Olga reclamava:

— Nora, você parece donzela antiga. Cuide de você mesma, faça uma coisa de que realmente gosta. Vá trabalhar.

Mas eu não sabia bem o que queria. Cantar fora bom, era como desenhar, mas mais vibrante: eu estendia antenas, tentáculos para apalpar o mundo.

Quando há muito não se comentava a morte de Mateus, quando os horrores pareciam sepultados, quando Elsa saíra da depressão e começara seu incansável ciclo de viagens que só pararia quando seu dinheiro acabasse, a vida começou a me chamar. Após a longa hibernação, pulsou em mim um vago, mas intenso, desejo de viver.

Nesse território que verdejava formou-se um olho de furacão: eu me tornava, tardiamente, mulher.

João reapareceu, e me apaixonei por ele.

lya luft

5 | *João*

"E deitado nas lájeas desertas,
Cobri meu rosto com o teu lenço de
seda escura."

Mário Quintana

Passa do meio-dia, Henrique telefonou que não vem almoçar. Calaram-se os meus teares; duas das moças que moram longe conversam alegres na cozinha, ouço suas risadas, e a de Rosa. Esta casa entra numa nova fase, como eu: a alegria, a esperança; pouco lugar para sombras.

Desço, converso com elas, Rosa prepara um sanduíche, subo para o quarto equilibrando o copo de suco no prato; leve, livre, cheia de planos como uma adolescente. Mas ainda não concluí minha revisão; não há só pensamentos doloridos; muita coisa ressuma sensualidade e cor, João é parte disso, fica do lado ensolarado de minha vida. Recostada na cadeira de balanço de Ana, observo meu quarto: não é mais o de uma menina, mas de alguém que perdeu pedaços pela vida, recolheu o que podia, e trouxe para cá. Que demorou para se livrar dos sapatos de criança que estorvavam seu passo. Muita disciplina deixa o corpo triste.

a sentinela | 87

Mas, com ou sem aqueles sapatinhos, cheguei aqui; cumpri quase todos os rituais. Se houver algum faltando, hoje resolvo.

Largo o prato na cômoda, vou me debruçar na janela, observo o jardineiro que caminha de um lado para outro no gramado, com sua máquina, enorme besouro. Se me inclinar mais, verei até um pouco da figueira que invade minha paisagem com a ponta de um ramo.

Preciso mandar limpar a gruta; remover todos os vestígios. Será talvez meu último exorcismo. Não faz sentido arrastar esse corpo morto; a suspeita de que Henrique esteja sonâmbulo, ou ande pela casa de madrugada, me fez mal. Não quero que nenhuma voz remota chegue até ele: nem pedido, nem lamento, nem ameaça.

Quando a cortadora de grama se cala, chamo o jardineiro; ele ergue o rosto, vem até mim com seu passo manso. Sobe até onde estou o cheiro bom de ervas maceradas, cheiro de infância, de verão.

Ele se posta embaixo, rosto levantado no sol, boné torto na cabeça. Alguma coisa nele, sua inocência, me comove; muitas vezes eu quis ser uma mulher do povo, simples, forte, ligada à vida e à terra; dessas que trocam receitas por cima da cerca, que esperam no fim do dia o marido suado, e cuidam do bando de filhos.

— Você esqueceu a fila do ambulatório médico, a falta de dinheiro, o marido bêbado, a filha grávida... — comentou Olga quando lhe falei isso.

O jardineiro ainda aguarda pacientemente.

— O senhor já tirou aquele monte de madeira velha debaixo da figueira?

88 | *lya luft*

— Não. A senhora não falou nada...

— Então, assim que terminar esse trecho de grama, retire tudo, empilhe do lado, e pode os arbustos. Deixe tudo limpo, sem nada, nenhum mato, nenhuma pedra, lá tinha antigamente uma pedra grande, redonda.

Ele balança a cabeça afirmativamente, e se vai, arrastando um pouco os chinelos; antes que ligue sua máquina chamo outra vez; ele endireita o corpo, olha para meu lado, rosto inexpressivo:

— Espere. Ainda não decidi bem o que fazer. Daqui a pouco eu chamo de novo. Obrigada.

Ele liga o aparelho, não comenta nada. Deve estar habituado a receber ordens contraditórias, não se aborrece nem se espanta; pouca coisa há de abalar seu mundo ordenado e simples.

Sento-me na cadeira e deixo o sabor silvestre da fruta me confortar: é uma das sensualidades que ainda me permito.

Nem sempre foi assim: quando desabrochei, foi com todo o primitivo ímpeto de um rio forte muito tempo represado.

·

Quando os anos passaram, tive alguns namoros inconsequentes; ninguém realmente me atraía, e eu não atraía ninguém especial. Desabrochar foi lento, laborioso. Aprendera a não me estimar: como saber se era desejada?

Em um verão no começo dos meus 20 anos, João, João das Minas, trabalhando em projetos que o levavam para longe frequente e demoradamente, passou em nossa casa. Elsa o recebeu com indiferença, e logo nos deixou sozinhos na sala. Vivíamos

a sentinela | 89

como duas estranhas: ela se desinteressara tanto de mim que quase nem me perseguia mais. Minha obstinada resistência vencera, suas críticas não me incomodavam.

João não mencionou as passadas tragédias, embora se comentasse que se sentira responsável pela morte de Lilith, e que isso o deixara muito perturbado na época; também fingi que a esquecera, ou que não era importante. Talvez ele tivesse um excessivo cuidado em contornar tudo o que nos pudesse fazer falar de Mateus, mas especialmente dela.

Tivemos vários encontros: minha velha fascinação por ele ressurgiu, e agora eu já não era uma menina espreitando de longe: a vida estava ali, e eu a queria, toda.

•

— Você não notou, antigamente, que eu olhava de longe com cara de menininha apaixonada?

Ele achou graça:

— Não. Só com cara de menininha.

Finalmente tive coragem de tocar no assunto:

— João, você foi apaixonado pela minha irmã?

Ele respondeu:

— Não! Claro que não! — seu tom era veemente.

— Você não a achava linda?

— Não, era engraçadinha, pode ser, mas linda não.

— Lilith era tudo menos engraçadinha.

— Não sei. Era diferente, uma menina estranha.

— Estranha?

lya luft

— Muito. — Ele estava contrariado, passou a mão no cabelo, voltou a botar o braço nos meus ombros, estávamos num banco do jardim; já éramos namorados há algum tempo.

Insisti numa última pergunta:

— Você a achava mais mulher do que eu?

Agora ele riu, levantando para o céu o perfil ousado:

— Mas que bobagem, Nora. Vocês eram meninas, que mulher qual nada. Aliás, ela tinha alguma coisa de rapazinho... não sei. Você, sim, era uma mulherzinha malcomportada, pensa que eu não via?

Rir nos aliviou. Finalmente ele se afastou de mim, ajeitou minha blusa, levantou-se e estendeu a mão:

— Vamos, menina malcomportada, está escurecendo. Vamos antes que sua mãe chegue.

— Minha mãe não dá a mínima — respondi, feliz.

•

O namoro durou mais de dois anos; idas e vindas de João, por causa do trabalho. Ele era sedutor, sensual, alegre, ansioso por viver, conhecer. Tinha bom humor, e acessos de ternura em que se comovia até as lágrimas, diante de uma paisagem, um céu noturno, ou um detalhe em meu corpo.

Mas havia nele, também, alguma coisa esquiva; resistente, renitente, à parte; medo de se entregar demais, de se prender. Responsabilidades, só no trabalho: dava-me algum recado de muitas maneiras sutis, e não sei se não compreendi, ou se neguei o tempo todo.

a sentinela | 91

João era tocaiado por alguma inquietação que eu não decifrava; seus projetos de vida eram sempre ligados ao trabalho, e a lugares remotos: África, Oriente. Sempre sozinho.

Pensei muito em como seria quando nos casássemos, mas tinha de reconhecer que ele nunca incluía essa possibilidade em nossas conversas, mesmo as mais apaixonadas.

Naquele dia, voltara a falar do meu desinteresse por uma atividade profissional:

— Você não cansa de viver em casa, lendo, vendo televisão, desenhando, ou saindo com amigas?

— Não comece. Você parece, sabe quem? Olga.

— Se for assim, que bom, nós dois nos interessamos por você. Queremos que ocupe sua vida.

— Mas eu me ocupo, esperando você — falei num tom de criança amuada que eu mesma detestava.

— Isso é ruim — ele parecia tenso.

— Por que, ruim? Eu acho uma delícia, esperar que você venha (eu gostava de dizer isso na hora do amor, "vem, minha delícia, vem").

Ele já andava pelo quarto, inquieto:

— Nora, eu me preocupo de verdade. Gosto de você, você é uma mulherzinha sensacional, tem uma qualidade que eu aprecio muito: é sensual, é alegre, é natural; mas não vejo nenhum interesse por nada em sua vida. E eu não quero ser o centro da vida de ninguém — parou-se junto da janela, costas para a rua. — Venho querendo ter essa conversa com você há muito tempo, mas estamos pouco juntos, e quando estamos juntos quero... — sorriu seu sorriso que me desarmava — quero *ter* você. Mas hoje acho que reuni coragem...

92 | *lya luft*

Uma coisa morna e pegajosa começou a rastejar do meu estômago para a garganta. João continuou, agora fitando a parede atrás de mim:

— Companheirismo, camaradagem, sexo, emoção... tudo isso é ótimo. Mas dependência... nunca.

Foi tão enfático quanto minha mágoa foi *evidente*. Tudo o que *eu queria* era alguém que fosse o centro de minha vida, e que por sua vez girasse em torno de mim. Tendo me sentido sempre em segundo plano, fazia do casamento, casamento com João, uma ideia de paraíso. Agora eu ia brincar de rainha: rainha para alguém como ele.

Percebi que era um sonho precário; e a partir dali, quanto mais tentei enredar João, mais o perdia; ele passou a fazer tudo para me persuadir de que não servíamos um para o outro, e que as coisas entre nós caminhavam para um fim.

•

Olga e eu estávamos sentadas no terraço da pequena casa, antiga e original, comprada recentemente; reformada, ficara tão aconchegante quanto a própria Olga. Ali ela plantara as mesmas buganvílias da casa de Mateus, um cacho pendia junto de sua cabeça escura, e era quase da cor das flores do vestido; enquanto eu falava ela puxara para cima da cabeça os óculos que agora usava para ler. Era uma mulher madura; a maternidade, o casamento amoroso, conferiam-lhe uma beleza que estava além da realidade física: era uma coisa boa e vital.

Eu acabava de lhe contar detalhadamente meus medos em relação a João: o terror de ser, mais uma vez, rejeitada.

a sentinela | 93

Ela pensou, me olhou séria, depois balançou a cabeça:

— Nora, eu entendo João. Gosto dele, mas tome cuidado: é uma alma cigana, e você é um bichinho que precisa de colo. Não quero que se magoe.

— Você o conhece pouco.

— Pode até ser, mas eu observo. Ele tem uma inquietação, algo que quase borbulha visivelmente. Uma ansiedade, está sempre de perna levantada para embarcar no primeiro ônibus, no primeiro avião, na primeira fuga. E você, quase minha filha, para alegria minha, aliás, está despreparada para uma relação desse tipo.

— Por quê? — fiquei ofendida, e assustada também. — Você ainda me acha criança? Tenho mais de 20 anos!

Ela recostou-se para trás, riu o riso generoso de Mateus.

— Sim, lamento dizer, mas em algumas coisas sim. Há pessoas que endurecem com as dores da vida, você parece que se fragilizou. Pode não parecer, você tem essa fachada alegre, brincalhona, leve; mas não para mim, eu sou a sua velha Olga, lembra? E não parece que esse Dom João a queira proteger.

— Mas está *apaixonado* por mim! — eu controlava as lágrimas.

— Nunca duvidei disso. Você é uma mulherzinha apaixonante. — Olga me olhava agora, compadecida. — Mas ainda precisa demais de colo de mãe.

— Se perder o João, eu morro.

— A gente não morre, Nora, fique tranquila. — Agora seu sorriso era um pouco triste. — Se você o perder, o que não desejo, vai sobreviver, conhecer outras pessoas, outros rumos.

Mas eu queria que procurasse algo além de um amor. Nisso o seu João está certo, não se ofenda com ele.

— E que você quer que eu faça? Trabalhe numa loja? Num banco?

— Não sei. Faça algo de que goste... E se voltasse a estudar? Faça uma faculdade.

— Eu não sou inteligente.

— Não seja boba.

Eu odiava quando ela falava nesse tom.

— Você parece um livro de autoajuda.

— Pode até ser, e se for assim, perdoe o mau jeito. Mas ainda acho que todo esse amor que não teve de sua mãe, que é uma alma árida... todo esse afeto, você vai querer extrair de João, ou de quem quer que mereça o seu afeto; e vai quebrar a cara.

A conversa acabou mal; chorei, passei dias sem lhe telefonar; ela, pacientemente, ficou quieta deixando-me tempo para elaborar as coisas ditas e ouvidas.

Quando a procurei de novo, eu estava no coração da crise: João queria desatar as amarras definitivamente.

•

Estávamos juntos em minha cama, meu quarto; Elsa fora viajar, não parecia mais ficar em casa; vendera parte de nossas terras, arrendara outra parte. Olga prevenia: "Se sua mãe continuar esbanjando, botando fora em besteira, vai se dar mal."

Mas eu não estava interessada; ela e Albano administravam a parte que lhe coubera no inventário de Mateus, passavam lá muitos fins de semana, criavam gado, plantavam alguma coisa;

a sentinela | 95

eu ia junto, raras vezes, ficava sempre um pouco melancólica lembrando de Mateus, da fazenda. Olga cavalgava com o capataz, queimada de sol, rindo, feliz, enquanto Albano ficava numa varanda com seus livros, e Pedro brincava por ali.

João fora comigo algumas vezes, e para minha surpresa gostava muito, conhecia coisas, sabia nomes, e procedimentos, montava até melhor que Olga.

— João, e se um dia a gente tivesse uma fazenda, mas bem grande?

Ele não respondera, e não olhara para mim; esse "a gente" não soava verdadeiro entre nós.

Eu tinha feito um retrato dele, a carvão, e naquele dia o entreguei para que levasse na viagem: era João, o perfil um pouco avançado no ar como quem já vai partir, e vasculha horizontes. Ele elogiou muito, mas devolveu:

— Guarde. É seu. Meu jeito de ficar sempre com você.

— Por que está falando assim? Quanto tempo vai ficar fora dessa vez? — Minha voz tremia um pouco. Insisti: — Por que está sempre indo embora? Por que tem de trabalhar longe? Não tem minas neste país? E que graça acha de se enfiar nas cavidades da terra?

Ele riu, tentou me distrair:

— O bom mesmo é entrar na *sua* cavidade... — Acariciou meu seio, beijou o mamilo. Mas eu não achei graça; minha vida estava ameaçada, queria garantias:

— Por que não me leva junto?

Ele ergueu a cabeça, me olhou, grave:

— Você quer dizer... casar?

Soergui o corpo na cama, apoiada no cotovelo:

96 | *lya luft*

— E por que não? Estamos juntos há mais de dois anos, eu tenho 23, você 30. Qual o problema?

Ele se levantou, passou a mão no cabelo repetidamente, parou-se no meio do quarto, ar desamparado; comecei a ficar enternecida, mas ele falou, calmo e frio:

— Nora, eu sabia que esse dia ia chegar, essa hora, e juro que não queria que acontecesse, mas você tem de cair na realidade. Tenho-lhe dado recados de todo jeito... aqui e ali... mas você é tão crédula, e cega... — a voz dele tremeu, lutava contra a emoção. Comecei a vislumbrar uma esperança, mas ele prosseguia, já controlado: — Eu não sirvo para casar. Não sirvo para a relação que você quer, ou precisa. A simples ideia me sufoca. Não posso *imaginar* alguém dependente de mim. Eu amo você, adoro — ele fez um gesto em minha direção, a voz num crescendo, depois deixou cair a mão de novo, e repetiu: — Eu amo você.

Mas virou-se para a janela, para a rua, agarrou-se no peitoril. Meu coração doía tanto, fisicamente, que pensei: "vou ter um ataque do coração", e tive mais medo.

Mas ele já continuava:

— Eu nunca lhe falei em casamento, falei?

Respondi num sopro:

— Não.

— Nunca lhe prometi nada, prometi?

Eu não tinha mais voz, respondi balançando negativamente a cabeça, mas ele não podia ver; e se estivesse voltado para mim, talvez eu não enxergasse nada por causa das lágrimas, senti que estava chorando, agora, abertamente.

Então consegui dizer, num grito:

— Não!

a sentinela | 97

Ele se compadeceu. Virou-se para mim, rosto também molhado, sentou-se na beira da cama, ajeitou o lençol em torno de mim, afastou meu cabelo da testa, a mão tremendo. Agarrei-me a ele, dizendo baixinho, não me deixa João, não me deixa...

— Nora, só de pensar que não vamos ficar juntos sempre eu quase morro também, mas é preciso. É preciso. Você é a pessoa mais importante de minha vida, a mais importante. *Nunca esqueça disso* — ele falava junto dos meus cabelos, me apertava com tanta força que quase doeu. — Na minha falta de jeito, de sensibilidade, primeiro não me dei conta de que você pensava numa relação fixa, oficial, e depois não tinha coragem de dizer, de interromper uma coisa tão... tão... bonita.

— Mas agora *quer* romper, não é? — Levantei a cara, olhei bem nos olhos dele, os dois estávamos chorando, e achei tudo tão absurdo que comecei a rir baixinho, histericamente: — Então você prefere ser infeliz longe de mim, vai dizer isso agora?

Ele se soltou de mim, em poucos passos largos foi até o banheiro, onde se trancou. Fiquei deitada na cama, enrolada no lençol, agora tomada de uma grande confiança. Claro que João estava apenas perturbado, passageiramente atrapalhado com aquele tipo de vida, um pé num país, outro no outro, isso tinha de acabar, e ia acabar, tudo daria certo. Repeti para mim mesma, sussurrando, tudo vai dar certo. Era um truque que usava em criança, quando as coisas estavam difíceis demais, a sensação de fracasso dominando, e repetia a mesma frase mágica.

João voltou um pouco depois; vestido, rosto lavado, e o olhar que fixou em mim, o corpo inteiro sob o lençol, o rosto, cada detalhe, era uma dolorosa mas firme despedida:

— Nora, eu quero que você acredite em duas coisas — falava baixo mas era irredutível, senti isso. Não tocava em mim, falava de pé diante da cama. — Primeiro, eu amo você. Segundo, não daria certo. Não acredito em casamento. Olhe em torno: quantos casais que você conhece, que vivem juntos há mais dez anos, ainda estão contentes? Meus pais se separaram quando eu era menino, e nunca aceitei isso. Vi minha mãe definhar o resto da vida, envelhecer dia a dia, tornar-se uma mulher amarga. Nunca mais vi meu pai; quando soube que ele tinha morrido foi o momento mais terrível da minha vida, a mistura de amor, raiva e culpa foi algo que não vou esquecer nunca mais. Fui criado odiando aquele pai, mas quando morreu entendi que era meu pai, e foi horrível. Não quero causar isso a ninguém, de modo que vou embora — interrompeu-se, sorriu de leve, numa tristeza imensa. — Eu estou sempre indo embora...

Sentei-me na cama, sem ligar para o lençol que caía sobre meu colo, e fiz a pergunta que não fizera em todos aqueles intermináveis momentos:

— João, isso tem a ver com Lilith? Você se sente culpado pela morte dela? É isso?

Ele pareceu um pouco surpreso, mas não desviou o olhar. Pensou, e disse:

— Lilith não tem nada a ver com isso. Não bote sempre nos outros a culpa pelo que lhe acontece. O problema não é Lilith, nem você: sou eu. Você me inspira uma ternura tão enorme que me dá medo, me dá vontade de mudar minha vida, meu jeito de ser, por sua causa, para a proteger até de mim... e isso eu não sei fazer, não quero fazer.

a sentinela | 99

De repente pareceu muito cansado; tudo perdera a graça, a chama se consumira, nem eu tinha mais forças para reagir. Ele se virou e, sem olhar mais para mim, saiu do quarto.

Ainda ouvi seu passo na escada, e a porta da casa batendo, e o carro que partia. Nem ao menos houve uma despedida.

•

Naturalmente, não aceitei. Não compreendia nada. Fiquei quase louca de tanto querer compreender, de tanta desintegração interior, era como se alguém me partisse em pedaços, física e mentalmente: nada mais fazia sentido. Telefonei-lhe várias vezes, ele mandava dizer que estava fora de casa, que tinha viajado. Mas uma vez atendeu, e despejei sobre ele toda a minha confusa dor. Ele falou pouco, parecia muito distante. Por fim fiquei repetindo baixinho:

— Não faça isso comigo, João, não faça isso comigo... — mas João desligou.

•

Enviou-me um cartão-postal formalizado, de um daqueles seus refúgios bem remotos; meio ano depois, sem que eu soubesse, voltou e casou-se com Telma, uma mocinha que eu conhecia de longe; usava grandes brincos de plástico colorido; voz estridente. Eu nem tinha essas informações, quem as deu, em tom casual como se não fosse nada de mais, foi minha mãe, que, como um cão farejador, ainda descobria tudo que me pudesse magoar.

lya luft

Lembro de pouca coisa dessa fase. Lembro de passar na cama a maior parte do dia, e de ficar boa parte da noite sentada na poltrona, em meu quarto, olhando pela janela. Lembro também de descer para o jardim, de madrugada, quando tudo estava em silêncio absoluto, e ficar ali longo tempo.

Lembro de Olga me cercando de cautelosa dedicação, seu olhar preocupado, suas visitas. Logo não se falava mais em João; nem mesmo Elsa o mencionava: era como se mais uma vez a morte tivesse roubado alguém de minha vida, entortando o eixo do mundo, deslocando todas as minhas referências.

Um ano depois eu também estava casada, e esta fora uma decisão inteiramente minha, responsabilidade minha; disso, João não poderia dizer que eu culparia quem quer que fosse.

a sentinela | 101

6 | *Henrique*

"Para fora do tempo arrasto os meus despojos
E estou vivo na luz que baixa e me confunde."
Carlos Drummond de Andrade

São quase cinco da tarde. Os teares vão se calar daqui a pouco, e os murmúrios das artesãs agora cansadas; logo vão arrumar os novelos e partir. Fico mais um pouco no quarto, estendida na cama de onde, como na juventude, vejo o céu macio. O ramo da grande árvore, escurecendo diante dessa seda pálida, parece me chamar.

— Eu mesmo plantei cada árvore, menos aquela porque já estava aqui — dizia Mateus, orgulhoso: amava este lugar. Assim, reinstalada, tendo comprado de volta esta sua casa, de alguma forma o recompensei por ter desejado que Lilith desaparecesse, que me cedesse seu lugar. Sinto que devo isso a meu pai, esse retorno.

Levanto-me, respiro fundo, abro a gaveta da cômoda, e pego o retrato de João, o mesmo que lhe dei um dia, o que desenhei a carvão, para o fixar, só meu. Guardei-o numa gaveta a vida

a sentinela | 105

toda, primeiro por causa de Jaime, depois por Henrique. Agora, deixo-o um pouco sobre o móvel ao lado de meu marido morto, e de meu filho vivo.

Jaime era uma presença agradável, aos poucos foi se destacando do nevoeiro que me rodeava; amigo de Albano; piloto de aviação comercial; gostava de mim. Era o que eu necessitava: divertido, gentil, nada insistente, mas seguro. Nunca tive tanta segurança quanto nos anos que passamos juntos. Segurança e paz. Talvez não me bastasse, mas depois que ele morreu percebi quanto ele me fizera bem.

Como se ausentasse muito por causa da profissão, também me deixava bastante livre; ainda que eu nada fizesse de especial com essa liberdade, era bom: eu receava um casamento que me oprimisse.

Mas não fui realmente feliz com ele; talvez tivesse decretado que, depois de João, não haveria mais felicidade pessoal para mim.

●

Não desço para me despedir das tapeceiras; ainda há coisas a fazer neste quarto, filmes a rever. O jardim anoitece, e não dei mais nenhuma ordem ao meu jardineiro, que talvez até já tenha ido embora; estive tão distraída que se passasse debaixo de minha janela acho que nem teria ouvido seus passos.

Olho rapidamente e não o vejo mais, a cortadeira de grama está pousada num canto do gramado como um gafanhoto absurdo. Volto para a cadeira de balanço de Ana, tosca, feita a mão há mais de um século. Sempre que me embalo penso em

106 | *lya luft*

quantas mulheres terão feito o mesmo, nesta mesma cadeira, em outros quartos de outras casas; embalando filhos no colo, como Ana contava ter feito com meu pai.

Minha mãe não gostava dessa cadeira, detestava coisas antigas, que chamava de velharias; de modo que esta ficou no porão muito tempo depois que minha avó morreu e Mateus trouxe para casa alguns de seus objetos preferidos; Elsa botou na sala um ou outro vaso bonito, uma estatueta de vidro opaco, de menina, quase adolescente, esguia, reclinada sobre um tronco de árvore. O resto foi dado a quem quisesse; Mateus deixou a cadeira de balanço em seu escritório, embora não combinasse com nada ali; não sei se às vezes sentava nela.

É minha; gosto de me embalar nela; é o colo de mãe que posso ter.

Alguém disse que amar é melhor que ser amado. Deixei que meu marido me amasse, e me abrigasse nesse amor. Não tive certeza de caber nele inteiramente; era como se uma ponta ficasse de fora, e se agitasse inquieta, mas aprendi a fazê-la calar. Foi um bom casamento.

Não amei Jaime com o ímpeto, a loucura que me ligava a João; eram pessoas totalmente opostas. Jaime era a tranquilidade, nele pude confiar sem reservas: não havia surpresas, nem choques.

Era bom morar com ele; era agradável sair com ele, ter sua presença firme ao meu lado. Era confortador que não insistisse demais quando eu ficava triste, ou calada, se não fazia amor com entusiasmo, se às vezes me esquivava.

Fui uma boa mulher para ele; cumpria minhas obrigações, administrava direito nossa casa, saí com ele sempre que pediu,

a sentinela | 107

e, se não era ardente na cama, quando tive nosso filho Henrique fui uma mãe devotadíssima.

Isso me ocuparia muito, um bebê exigia toda a minha atenção e carinho, quando Jaime reclamasse eu não daria muita importância.

João estava numa espécie de limbo, como um morto que depois do primeiro horror, e vazio, e revolta pela perda, se acomoda num berço de boas memórias, de uma dor boa, e não atormenta mais.

Porém antes de Henrique ainda fui sacudida com força por esse entranhado amor, e naturalmente a mão que fez estremecer o fio de minha vida, agora solidamente preso em Jaime, foi de minha mãe.

Ela me visitava poucas vezes, no apartamento que Jaime me deixara decorar como eu queria. Elsa começava a envelhecer; seu tipo *mignon*, de que se vangloriara tanto, não ajudava: pernas muito finas, mãos miúdas, de repente parecia destroçada. Ainda falava naquele jeito tatibitate que usava para dobrar meu pai, e que eu odiara; ainda usava muitos anéis, e pintava demais a boca pequena; viajava menos, porque o dinheiro diminuía e porque começava a se desinteressar até mesmo disso.

— Será que ela não vai parar nunca? — perguntei um dia a Olga.

— Só quando ficar velha demais. Essa aí, se parar, desmorona dentro do seu próprio vácuo.

Mas Elsa ainda não desmoronava, estava de pé na minha frente, segurando a xícara de cafezinho, equilibrada na ponta do salto alto:

— Aquele seu namorado se separou, sabia?

Me fiz de boba:

— Namorado? Que namorado, mãe?

Mas os olhinhos pretos dela se grudaram em mim:

— Aquele, ora. Não se faça de tonta, menina. O que deixou você plantada na véspera de casar.

— Mãe, João não me deixou plantada, a gente resolveu terminar tudo. E não havia nenhum projeto de casamento, nem noivos fomos.

— Bom, isso é problema seu. O que sei é que ele se separou daquela moça, aquela Telma. Levou a coitada para morar com ele num desses lugares esquisitos por onde andava. Agora ela está aqui, com a mãe, parece que vai trabalhar na loja da velha (a velha era bem mais moça que Elsa). E tem uma filha pequena.

Eu não queria, mas o coração bateu fora de compasso. Não como nos velhos tempos, mas ainda era aquele pedaço meu que não cabia em meu casamento, que nem a ternura paciente de Jaime conseguira domesticar; e se agitava. Na hora não dei muita importância: aprendera a controlar esse inimigo interior.

Mas senti uma tênue, e maligna, sensação de vingança. João afinal não fora feliz, e estava separado. Sozinho? Onde? Desprezara o que eu tinha a oferecer, aquela nossa afinidade, éramos poeira de estrelas, feitos da mesma matéria, e você cuspiu em cima disso tudo, João, para se casar com alguém que mal conhecia. Eu era importante, era sensacional, mas fui deixada de lado. Esquecida.

Velhas fórmulas, chavões que eu repetira até a exaustão quando João se fora, voltaram a martelar. Primeiro, senti medo; depois, achei que não faria mal refletir; lembrar. João pensaria

a sentinela | 109

em mim, ainda? Ou eu estaria naquela zona nevoenta onde ele, agora, repousava em mim?

Nessa época, engravidei, e minha alegria foi tão plena que João mergulhou de novo em outro plano. A emoção de Jaime também era bonita de se ver. Passou a entrar em casa com embrulhos coloridos, presentes para o nosso filho; tratava-me como uma rainha; Olga e eu ficamos ainda mais unidas, ela brincava que ia ser avó ainda moça.

Quando contei a Elsa que esperava um filho, ela deu de ombros:

— Bom. O problema é seu. Se você está contente, ótimo — sua boca contraiu-se um pouco. — Eu não sei se estou preparada para ser avó.

Não me magoei: estava plena, meu filho dentro de mim, todos os projetos, as ansiedades, a aventura daquele ser misterioso que sairia de mim para ser uma nova pessoa neste mundo, me ocupavam.

Eu seria uma mãe de verdade, em tudo diferente daquela mulher infantilizada que me havia parido com tamanha indigência.

•

Minha gravidez estava quase no fim; as ausências de Jaime começavam a me pesar mais, eu ficava muito sozinha, com Olga correndo para atender casa, consultório, e faculdade onde também dava aulas. Era difícil controlar a ansiedade. Já sabia que seria um menino, meu filho já se chamava Henrique, eu estava feliz. Mas, talvez pelo desconforto físico porque tinha engordado muito, talvez pela inquietação natural, comecei a ceder ao fantasma: o que faria João quando soubesse que eu ia ter um filho? E se os dois um dia se conhecessem? E se eu tivesse tido um filho de João? Se estivéssemos casados, como seria se fosse *ele* a voltar para casa de uma viagem?

Eu devia ter ficado mais atenta; o que vinha de Elsa não me fazia bem, não se destinava ao meu bem; mas ela ainda exercia sobre mim esse mesmo poder que agora, quando estou com 50 anos e tão mais experiente, me assalta de vez em quando: era minha mãe. Olga discutia isso, me censurava, mas havia aquela zona dentro de mim, em que Mateus se parava brandindo o dedo: "Sua mãe é uma mãe ma-ra-vi-lho-sa, você é uma filha ingrata. Ela é sua mãe, estarei sempre do lado dela." E Mateus não era um traidor, estaria do seu lado mesmo, até o fim dos tempos, vigiando por ela.

Elsa veio me ver trazendo um par de sapatinhos de lã. Continuava sem dar muita atenção ao futuro neto. Não a imaginava dando-lhe mamadeira; botando-o no colo, para contar história, assim como não preparava um sanduíche quando eu anunciava que a ia visitar, nem realmente conversávamos: ela falava, queixava-se, me criticava.

Naquela tarde, veio apressada; achou que eu estava "enorme, inchadíssima", que o quarto do bebê estava "exagerado, ele vai se assustar com tanto desenho na parede"; também não esqueceu de me prevenir sobre "comandantes e comissárias de bordo", ainda mais "com mulher barriguda em casa".

Eu estava ansiosa para que fosse embora; Elsa olhou as próprias mãos, e disse como quem não quer nada:

— Aquele seu namorado está na cidade. Dizem que veio ver a filha. Uma amiga minha viu João, diz que está lindo.

a sentinela | 111

Grisalho. Homem quando envelhece fica mais bonito, a gente é que... — interrompeu-se, a malignidade misturada com uma ansiedade patética.

É possível que a gravidez em seu final me deixasse nervosa; ou estava muito mal curada a velha paixão. Não conseguira perdoar, era isso. Sozinha em meu apartamento, um furacão de emoções se desencadeou, fazendo-me caminhar pela sala como um bicho feroz preso numa corrente pela pata que sangra, e dói a cada movimento. João estava na cidade, estava perto. Próximo de mim, ao alcance de um telefonema; era fácil descobrir o telefone dos pais de Telma, quem sabe ela morava lá. Ou devia esperar que ele me procurasse? Alguém lhe contaria que além de casada eu esperava um filho? João teria, como eu, um secreto desejo de que esse filho fosse nosso?

Depois de algum tempo botei de lado a vergonha, traindo Jaime, ainda que só em pensamento e numa ação tão infantil. Foi fácil localizar João, alguém em casa de Telma me deu o nome de seu hotel. Ele atendeu, e era a sua voz de sempre; fiquei tão chocada com a naturalidade com que tudo acontecera, que não sabia o que fazer com o telefone na mão. Ele teve de dizer duas vezes:

— Alô?

Era a voz dele. Era João, subia do fundo do poço escuro, estreito, o proibido poço das lembranças, das paixões, do deslumbramento e da dor, e o que trouxe com ele, por um momento, jorrava como fogo e lava.

Finalmente consegui dizer:

— João? — E minha voz estava rouca e distorcida.

— Nora. — Breve silêncio, depois: — Nora... como vai? — falava baixo, tenso.

112 | *lya luft*

— Bem, João, e você como está? — Agora eu controlava melhor a voz, mas soava tudo falso, queria gritar, berrar, João, João! Mas disse: — Você sabia que vou ter um filho? — E quando tinha dito, percebi a loucura de tudo aquilo, não fazia sentido, estava ridícula, com aquele ventre enorme dando ao meu antigo namorado, que me desprezara, aquela notícia: vou ter um filho.

— Não, claro que não sabia Nora. Fico muito contente por você. Parabéns — o tom era cortês, cauteloso. E isso me encheu de mágoa.

Eu queria desligar, ao menos uma vez na vida bater o telefone na cara dele, mas continuei falando descontrolada:

— João, por que você fez aquilo comigo? Conosco? A gente se amava... Por que se casou com essa... essa moça?

E ele, como se aguardasse a pergunta e tivesse a resposta queimando na língua há tantos anos, disparou:

— Porque ela não era importante para mim. — E desligou.

•

Olga me assistiu como pôde nos primeiros dias de vida de meu filho. Não era a prática de lidar com crianças em sua profissão, nem por ter tido um filho: era alguma coisa atávica. Olga era a mãe natural que eu queria ser, era plenamente mulher em tudo: pegava o bebê em sua mão grande, ajeitava-o ali, dava-lhe banho, achando graça de tudo, falando com ele com seu tom bem-humorado, como se ele entendesse tudo. Aprendi depressa, mas eu não era Olga. Também percebi que, sempre que a criança chorava muito, ou se agitava, bastava Olga a pegar no colo e começar a falar, que ela imediatamente se aquietava;

a sentinela | 113

e fitava o rosto dela, como se a reconhecesse desde sempre. Isso me aborrecia um pouco, mas eu afastava o sentimento menos nobre. Afinal, Olga era quase minha mãe; como seria bom se Elsa estivesse em seu lugar, naquele tempo.

Eu aprendia bem, aprendia depressa, mas tinha certeza: Olga nunca precisara aprender: nela, era instinto, era coisa de mãe-terra. Algumas vezes, quando cuidava de meu filho, eu lembrava fatos que Elsa contava de sua relação conosco, comigo e com Lilith:

— Nas primeiras vezes que precisei dar banho em bebê pequeno, Mateus tinha de segurar a criança, e eu lavava; tinha a sensação de que ia se afogar na banheira — e acrescentava, com seu arzinho coquete: — Eu nunca tive jeito com criança.

Olga adotou esse meu filho em seu coração materno, e sempre fui grata por isso. Era, para ela, o segundo filho, que não conseguira mais ter, e tinham desejado muitos, ela e Albano. Desde pequeno levava-o para o sítio, e eu ia junto, não me separava dele; ficava horrorizada quando, depois de certa idade, ela o ensinou a andar a cavalo, e o deixava comer frutas tiradas da árvore, às vezes sem lavar. Quando o ensinou a nadar, quase morri; ela, segurando-o apenas pela cintura com uma das mãos, na água do rio, achava graça.

— Vamos, Nora, não seja enjoada. Entre, venha curtir seu filho, pare de se agoniar, ele está se divertindo muito.

Eu ficava, mais que receosa, um pouco ofendida: com que direito Olga se punha com meu filho numa experiência da qual eu não conseguia participar?

Mas eu sabia que era para o bem dele; com sua segurança, Olga compensava minha ansiedade. Nada havia nele que

114 | *lya luft*

justificasse aquele excessivo controle, pois ele crescia saudável e tranquilo, um menininho normal, esguio, cada dia de sua vida mais parecido com a tia morta em menina, da qual só veria uns poucos retratos em fundo de gaveta, e, quando visitava a avó, o quadro a óleo da menina com seu gato Serafim.

Talvez minha ansiedade fosse o inconsciente terror de perder mais uma vez uma pessoa muito amada, e eu não amara nada, nem ninguém, como àquele filho.

A experiência da maternidade era doce e aterrorizante. Ele podia cair, se machucar, engasgar-se, perder-se na rua se Jaime o largasse, morrer. Visões de uma criança morta em um caixão branco povoavam meus sonhos; em meus pesadelos, Henrique boiava numa água clara, afogado, apenas os olhos azuis, clarinhos, iguais aos de Mateus, abertos, e fixos. Olga tentava me tranquilizar, entre divertida e preocupada:

— Nora, relaxe. Seu filho é saudável, normalíssimo, uma criança feliz. Só você o perturba com esse exagero. Por que não procura ajuda? Alguma coisa que eu não lhe posso dar. Uma terapia lhe faria tanto bem; aliás, eu insisti nisso quando você era... era mocinha, só que Elsa nunca quis.

Mas eu não queria. Brincava dizendo que terapeutas diriam as mesmas coisas que ela, apenas cobrando caro. Ela parava de insistir por algum tempo. Mas eu tinha medo: havia coisas sepultadas que deviam permanecer assim. Jaime também não acreditava muito em terapia, achava que com o tempo, e a maturidade, eu ia me acalmar.

— Mas eu já tenho mais de 30 anos, Jaime. Vai ver, fiquei nervosa assim por causa de meu pai, minha irmã, aquelas mortes.

a sentinela | 115

Jaime era a única pessoa com quem eu falava do passado com naturalidade. Talvez porque ele não pertencia àquele tempo. Nem com Olga se mencionavam certas coisas, como por exemplo a semelhança crescente de Henrique com Lilith. Nunca, nem uma vez, comentamos isso, que era tão evidente; e não comentarmos me agoniava ainda mais.

Meu marido parecia conformado: com minha ansiedade em relação a Henrique, o tempo que dedicava ao menino, quase não saindo mais, nem a cinema, nem a restaurante, viajar nem pensar; encontrara na maternidade desculpa para a minha frieza no amor.

— Sei de muitas amigas minhas que ficam mais frias com a maternidade.

Ele reclamou uma única vez, no seu jeito discreto:

— Pois eu achava que ser mãe devia deixar vocês mais mulheres ainda, mais completas como fêmeas, esplendorosas.

Achei o comentário um pouco grosseiro. Não percebi que Jaime estava ficando solitário; calado demais, conformado demais. Comecei a me sentir aliviada quando ele viajava: assim não precisava enfrentar sua paciente resignação que me exasperava.

— E se esse seu marido não arranjar uma comissária, agora que você virou galinha-choca, é porque é um banana — dizia minha mãe.

Olga censurava:

— Você está botando fora um homem incrivelmente bom, paciente, e amoroso. Nora, quando é que você vai crescer?

Mas havia coisas que eu não conseguia controlar.

•

lya luft

Henrique preenchia um extraordinário vazio em mim. Para alguém eu finalmente era especial, esse alguém não me rejeitaria nunca. Essa pessoa me amaria acima de tudo, sem traições.

Os genes tramavam seus finos fios fazendo brotar semelhanças entre as gerações — aqui o nariz do avô, ali o gesto da mãe, ali ainda, o modo de o pai virar a cabeça. Eu olhava Henrique e via minha irmã morta. À noite, muitas vezes, porém, o chão dessa certeza científica, dessa natural evidência, começava a rachar, aqui e ali abriam-se gretas ameaçadoras: o que havia com meu filho? Por que esse jeito de Lilith, essa sutil androginia, o cabelo igual, o mesmo nariz, algumas manias? O hábito de sentar no chão, pernas cruzadas, botando no meio o bicho de pelúcia, mais tarde o cachorro de verdade que Olga lhe dera, e acabara ela mesma criando no sítio porque eu não suportava bicho em apartamento — podia trazer doença para meu filho.

Jaime era um pai carinhoso. Havia entre ele e o filho uma camaradagem natural. Henrique esperava ansioso a chegada do pai; literalmente saltava de alegria quando este entrava em casa; iam juntos para o parque de mãos dadas, na saída eu os cobria de recomendações, não vá soltar a mão do menino, Jaime, não dê sorvete demais, cuidado para não cair do balanço. Quando saíam e eu ficava só, o eco de tantas palavras girando na sala, sentia-me um pouco culpada e excluída. Por que não me acalmava? Por que não ia com eles? Por que preferia deixar Jaime de fora nessa relação que devia ser a três, e não era, era minha, exclusivamente minha com Henrique, Jaime quase precisando de minha permissão para ser pai?

A vida que eu planejava tranquila, plena de alegrias, mostrava-se uma trilha de preocupações. Pior que isso, não havia

a sentinela | 117

garantias. Henrique eventualmente adoecia. Nada grave, mas uma dor de garganta com febre para mim era o fim de tudo; uma queda no jardim de infância era a morte abanando o rabo peludo em minha direção.

E chegou o tempo em que Henrique não era mais um bebê rosado que eu pegava no colo, levando para onde queria; nem um menininho doce, a quem eu conduzia. Começou a se rebelar, e quando se obstinava não cedia. Olhava-me firme com os olhos de Mateus, e resistia. Não gritava, não se jogava no chão esperneando como eu via fazerem outras crianças: fechava-se, mudo, uma miniatura de Lilith, escapando para um mundo impenetrável para mim.

•

Certa vez estávamos no sítio de Olga, eu tinha ido junto, Jaime viajava. Foram tomar banho no riozinho, Henrique adorava nadar; eu ficava na margem, encolhida, vigiando. Pedro era um menino bem crescido: suas brincadeiras me deixavam preocupada, mas Henrique ficava tão feliz, que eu acabava deixando. Olga estava com eles; vadearam o rio até uma grande pedra chata, branca no sol, onde ficaram sentados, respingando-se de água; eu ouvia suas risadas; Henrique, de pé, sustentado pelo braço do primo, acenou para mim.

De repente um buraco abriu-se dentro de mim, quase uma vertigem. Como é que eu deixava aquela criança, minha criança, no meio do rio, longe de mim? A alegria cedia lugar a um desconforto físico, uma agonia. Comecei a chamar, não responderam; acenei, com os dois braços, Henrique apenas devolveu meus acenos, depois virou-se e não prestou mais atenção.

lya luft

Tomada de um impulso cego, entrei na água, vestida; tropecei nos pedregulhos do fundo, e quando cheguei junto deles, três pares de olhos me aguardavam espantados. Quase histérica, sem conseguir falar, peguei nos braços um Henrique que esperneava, e voltamos para a margem. Subi até a casa de Olga, passei por meu cunhado que, como de costume, lia e fazia anotações numa poltrona de vime, parando de vez em quando para observar sua família; entrei e levei Henrique direto para o banho.

O final do dia foi desastroso. Olga não falava comigo, Henrique se negava a comer.

Passei a detestar o lugar; íamos só quando Jaime estava e insistia em ir; então eu ficava lendo na varanda e os dois andavam a cavalo, apanhavam frutas, pareciam ter longas conversas à sombra de alguma árvore.

•

Jaime e eu raramente discutíamos, e não tínhamos brigado nem uma vez a sério. Eu não sabia se era um convívio melhor, ou indiferença. Para mim havia dois Jaimes: um paciente, um pouco distante, muito discreto, em casa ou quando víamos amigos — quase sempre colegas dele; outro, o que partia parecendo alegre e cheio de expectativas. Esse me deixava admirada. Eu tinha viajado poucas vezes com ele, mas em todas as ocasiões via ali um homem transformado. Aquele comandante na cabine convivendo com sua tripulação, calmo, seguro, era a um tempo autoritário e divertido. Obviamente todos o estimavam. Por que em casa ele não era assim? Por que tão apático e desinteressante?

a sentinela | 119

Olga podia ter razão, junto de mim ele ficava inibido. Alguma coisa em mim o deixava distante. Eu queria mais do que ele podia me dar: exigia um amor sem tréguas e sem limites, e isso só poderia ter com meu filho. Mas Henrique crescia e cada vez parecia mais ansioso por se afastar de mim. Era uma criança independente; cedo tomou banho sozinho, escolhia suas roupas; tinha amigos, mas preferia brincar nas casas dos outros a trazê-los para a nossa, e eu tinha de ceder. Não sempre, mas cedia para ele não se fechar naquele mutismo, com aquele ar distante.

Quando o pai morreu Henrique tinha dez anos. Não foi a morte dramática que atormenta os sonhos de famílias de pilotos, nem a morte trágica que eu conhecia de minha infância. Tudo foi discreto e gentil como ele próprio: uma cirurgia pequena, um acidente de anestesia, e Jaime não voltou vivo da sala de cirurgia para onde fora confiante; ainda apertara minha mão gelada, já na maca, sonolento, piscando o olho para mim, para me animar.

Voltou para mim inerte e frio. Durante a anestesia passara para aquele território onde Lilith e Mateus ainda existiam: a noite para a qual alguns deslizavam plácidos, outros despencavam com violência.

Mais uma vez suportei todos os rituais de velório, enterro, visitas, perguntas e explicações. As frases convencionais diante do morto: como parecia bem, estava tão calmo, parecia dormir. Não deixei que Henrique visse o pai morto, dessa vez fui firme, contrariei Olga e Albano, e exigi que Pedro, já adulto, levasse o menino até o sítio esperando que eu o mandasse buscar dias depois. Todos foram severamente proibidos de lhe contar qualquer coisa: eu mesma queria dizer tudo.

120 | *lya luft*

Falei com ele dias depois na presença do primo e da tia. Henrique ficou parado, inerte no meu abraço; naturalmente desconfiava, ou Pedro o teria preparado de alguma maneira. Sua reação me deixou aliviada. Depois comecei a estranhar: seria normal uma criança saber da morte do pai e ficar assim, calada? Não falei com Olga, pois seu olhar já era bastante acusador: ela queria que o menino estivesse presente todo o tempo, para elaborar melhor a dura realidade.

Henrique ficou quieto pela casa vários dias; comia pouco e apenas o que Rosa, que já trabalhava em nossa casa, lhe levava no quarto onde ele se trancava sem querer conversar. Quando eu o queria abraçar, não reagia, só me olhava com aquele jeito duro e indagador, como se eu tivesse culpa de alguma coisa.

Até que um dia ele cedeu: a crise foi violenta, Henrique se debateu, gritou, chamou pelo pai, quebrou tudo o que estava ao seu alcance e por fim, rouco e exausto, caiu na cama e chorou tanto tempo que chamei Olga, mesmo sabendo que ela estava zangada comigo. Quando ela entrou no quarto o choro de Henrique já começava a ceder.

Durante meses ele sofreu de insônia, suas notas na escola eram péssimas, e só por insistência de Olga permiti que tivesse encontros com um psicólogo. Mas assim que vi meu filho mais calmo e animado, interrompi o tratamento. Henrique não precisava de estranhos, só de mim. Não era possível que, com todo meu amor e dedicação, eu não o conseguisse ajudar.

A vida seguia seu curso. Não havia problemas financeiros; estabeleci uma rotina de trabalhos em casa, voltei a desenhar, frequentava um ateliê; mas minha preocupação central, o

a sentinela | 121

sentido de minha vida, era Henrique. Apegado ao primo, Pedro talvez fosse um substituto do pai morto.

Aos poucos Olga e eu voltamos a ter uma relação mais íntima; ficamos muito unidas, e só discutíamos quando eu achava que ela interferia demais na educação do sobrinho.

•

Muita gente achava Henrique um adolescente tranquilo. Eu ainda vivia aos sobressaltos: quem era sua turma? Como se chamava o pai de seu melhor amigo? Com quem andava na rua? Que bar frequentava?

Quando ele se rebelava eu tentava ficar firme, esperar a crise passar, mas às vezes brigávamos muito e eu apelava para Olga. Ela me acalmava:

— Adolescência é como sarampo, incomoda mas passa. Não dê atenção demais, nem se intrometa na vida dele remexendo suas coisas, olhando suas gavetas, nem se desligue demais. Ele é um bom menino. Vai passar.

Mas eu me sentia a um tempo traída e fracassada. Imaginava uma relação quase perfeita com meu filho, e via Henrique escapar entre meus dedos. Suas rebeldias começaram a ser mais do que mutismo, ausência, olhar queixoso; agora brigávamos abertamente, às vezes Rosa vinha correndo da cozinha:

— Mas o que foi, estão brigando outra vez? — A essa altura ela já era parte da família.

Um dia chamei a atenção dele, precisava ir ao barbeiro. Ele anunciou com toda a simplicidade que agora ia usar cabelo comprido.

lya luft

Fiquei paralisada, mas pela expressão do seu olhar vi que gritos não adiantavam nada.

— Comprido *quanto*? — perguntei.

Ele fez um sinal vago no pescoço:

— Até aqui.

Ficou bonito com cabelo muito louro até o ombro, mas eu não concordava. Outra vez chegou perto de mim, inclinou-se um pouco, afastou o cabelo de um lado:

— Olha aqui, mãe.

Um minúsculo brinco; discreto, mas um brinco. Dessa vez foi uma briga séria.

— Onde se viu, filho meu de brinco?

Olga e eu estávamos dando uma caminhada.

Ela me olhou, sombria:

— Você sempre fala "meu filho" como se o tivesse comprado numa loja. Que mal tem um brinco, se tantos meninos usam? Isso passa, quanto mais você implicar, mais ele se apega a essas bobagens. Seja mais leve, mais alegre, você está sempre com cara de vítima. Não admira que Henrique queira escapar.

Foi uma das raras vezes em que deixei Olga plantada.

Depois descobri o dom de Henrique para música. Ele tinha mencionado que tocava o instrumento de um amigo, saxofone; um dia tocou numa festa qualquer da escola, e me surpreendi muito mais do que com qualquer outra coisa relacionada a ele. Não parecia o Henrique de sempre; não o que vivia comigo em casa. Não era um rapaz de 17 anos, um amador: aquele som saía de seu corpo, de suas entranhas, Henrique flutuava sobre as cabeças de pais, irmãos, colegas, e todos faziam um silêncio absoluto, parecendo fascinados.

a sentinela | 123

Olga ficou entusiasmada:

– Esse menino tem de estudar música!

Mas alguma coisa ali me assustava: eram sombras, não luz, que se moviam no fundo dessa música. Henrique continuava tocando, depois começou a tocar em um bar, à noite, "para ganhar uns trocados, mãe, é um lugar legal". Protestei mas ele não comentou mais nada, e continuou fazendo o que queria. Agora meu filho era um jovem adulto, e eu não sabia mais o que fazer.

— Filho não se controla; se educa, se ama, se acompanha, se estimula. Você devia pegar uma foca para amestrar. — Olga sabia ser cruel.

— Não me diga que nunca se preocupou com Pedro.

— Muito — ela olhou um ponto qualquer sobre minha cabeça. — Mas talvez eu não tenha a sua insegurança, Nora, essa sua ansiedade patológica, não sei. Comigo foi mais... natural. Tive preocupações, sempre terei. Eu gostaria, por exemplo, que Pedro tivesse feito um curso superior, mas ele resolveu usar apenas a prática, esse instinto que deve ter herdado de Mateus — ela falava com orgulho. — Está lá, criando cavalos, vai montar um haras, e vai ter sucesso, esse meu filho. Tive preocupação, sim. Terei... — parou, pensou um pouco. — Mas se eu tentasse controlar Pedro como você faz com Henrique, tinha perdido sua amizade, pode estar certa.

Fiquei magoada:

— Você está inventando coisas.

— Não, eu sou realista. Acho que Henrique tem aguentado muito tempo, muita coisa. Ele sabe que você o ama e adora você, senão já teria saído de casa.

Tive de me sentar, literalmente. Olga sentiu pena:

— Vai ver, são temperamentos diferentes. O amor por filho tem de ser incondicional, isto é, aceitar a pessoa do jeito que ela é. Família é o lugar onde a gente devia se sentir bem, entendido e amado até naquilo que os outros não aceitam, nem entendem. Isso é o que nós duas não tivemos, mas eu tentei, tento, dar a Pedro. Albano também, na verdade nós três tentamos isso, juntos — ela suspirou, o assunto parecia lhe causar alguma dor. — Eu, se fosse você, tomava mais cuidado.

Por uns tempos fui mais cautelosa, sem tanta cobrança, tanta indagação.

Henrique não terminava o segundo grau, já devia estar na faculdade. Finalmente conseguiu o diploma, mas não estava nos seus planos fazer nenhum curso superior.

— Mas o que é que você pretende fazer? Com 19 anos? Criar cavalos? — perguntei, irônica. Ele fez que não notou.

— Não sei. Viajar.

— Viajar? Mas para onde? Com que dinheiro?

Ele riu:

— O nosso, mãe, o nosso.

— Não lhe dou dinheiro para loucuras.

— Tudo bem. Eu vivo com muito pouco, não ligo para isso.

E viajou. Mochila, pouca roupa, pouco dinheiro, que dei esperando que voltasse dentro de uns dias. Iriam no carro de um amigo: queriam conhecer o país, já tinham feito isso antes. Seriam umas três semanas. Não adiantaram meus protestos, lágrimas. Henrique, sem ser grosseiro, estava frio e determinado.

Demoraram mais de dois meses, de vez em quando ele telefonava a cobrar, a voz animada, não me dava muito tempo para queixas, e desligava logo.

a sentinela | 125

Nesse período desenhei Henrique de memória. Tentei duas vezes, três, mas sempre rasgava: eu desenhava Henrique, quem aparecia no papel era Lilith. E assim nunca consegui fazer um desenho de meu filho.

Ele voltou diferente. Queimado de sol; cabelo mais comprido ainda; parecia cansado mas feliz. Diferente *como*, perguntaria minha irmã, e eu nem saberia dizer, mas era como se alguma coisa nele estivesse resolvida. Nunca falamos sobre isso; fiquei muito deprimida. Eu tinha falhado. Meu único filho estava distanciado de mim, não precisava de mim. Uma zona de silêncio e solidão se estabelecia claramente ao meu redor.

O ateliê que eu frequentava foi meu refúgio. Numa exposição descobri que tapeçaria podia ser uma coisa fascinante; teares, fios, meus desenhos executados em outro material, com outras possibilidades. Aquilo me consolava um pouco. Olga e Henrique me estimulavam, pareciam encantados por eu descobrir novidades, ter outro interesse. Quem sabe Olga estava certa, e mais ocupada eu não perderia meu filho por querer controlar a sua vida e, se possível, a sua alma.

•

A essa altura, Henrique tinha seu próprio saxofone; pegara um emprego, sem muito interesse, talvez para me tranquilizar. "Para você entender que não sou vagabundo, mãe." Tocava em bares de conhecidos à noite, e com isso também ganhava algum dinheiro; estudava música — essas aulas eu pagava com prazer.

Numa noite de Natal, Olga e Albano deram-lhe de surpresa o instrumento que eu sempre negara. Tirando-o da caixa,

Henrique quase chorou; parado no meio da sala, diante da árvore verde que Olga sempre preparava, na confusão de papéis de presentes desfeitos, ele levou à boca o instrumento pesado, brilhante, e, olhos fechados, começou a tocar.

Foi soltando pela casa, pela noite, alguma coisa quente e dourada como um mel derretido, tão sensual e triste que meus cabelos se eriçaram; tive de me sentar devagarinho.

Só eu parecia assombrada; Olga, Pedro e sua mulher, e Albano deviam tê-lo visto tocar mais vezes; mesmo assim, embora cúmplices, estavam emocionados. Mais que isso, transidos.

•

— Ao menos respeite *esse* lado da minha vida — Henrique estava tão zangado que me assustei. A gente enveredava nessa discussão por um caminho pantanoso, era melhor recuar... mas as palavras que eu tinha dito se erguiam como lâminas de vidro afiado entre nós. Os olhos claros fixos em mim, as mãos fechadas ao lado do corpo, a boca num fino traço, Henrique era Lilith zangada.

Uma hostilidade gelada emanava dele. Tentei me desdizer, mas ele foi implacável.

— Mãe, você insiste nessa história de uma namorada, de que Pedro está casado há anos, mulher grávida. Mãe, estou avisando, me deixe em paz. Eu não sou Pedro, não gosto de vida no campo, quero tocar minha música e ficar quieto. Também não vou fazer faculdade nem ter nenhuma dessas profissões respeitáveis, pois você não respeita a minha, nem acredita nela... Nem vou me casar, acho que não, de modo que sou em tudo

a sentinela | 127

diferente do que você sonhava. Estou incomodando? Pois não saio daqui porque você não quer, se chateia, se lamenta, faz ameaças. Talvez tenha chegado a hora.

— Henrique...

— Mãe, estou cansado. Farto! Eu sei que você me ama, que sou o que lhe restou na vida, eu sei, eu *sei*! Mas me deixe em paz, por amor de Deus.

Estava branco de raiva. Comecei a gaguejar mas ele não me deixava mais falar. Agora ele não ia parar mais, lançava sobre mim como um grande jato toda a sua raiva, a sua ânsia de liberdade.

— E tem mais. Você precisa mudar, urgente, mãe. Ainda bem que começou com os tais tapetes, porque senão um dia você acorda e vê que morreu, que deixou de viver há séculos, e nem percebia. Porque você não vive; está fora da realidade; tem uma relação horrível com as pessoas, e pior ainda comigo. Sem falar em si mesma: você nem gosta de si mesma, mãe. Já viu seu jeito de andar, toda encolhida? Seu jeito de me olhar, como se quisesse vasculhar cada um dos meus pensamentos? Seu modo de me controlar com essa sua fragilidade falsa? Mãe, acorde!

Eu estava acuada como uma menininha contra um muro, um dedo enorme brandido na sua cara.

— Mas meu filho...

— E tem mais! Tem mais! — A voz dele se esganiçava um pouco, fiquei de repente com uma pena enorme dele, de mim, de tudo. — Não entendi direito suas alusões, suas indiretas, mas você... você por acaso quer saber se eu tenho *um namorado*?

A horrenda questão fora abordada: uma ferida feia, como um corte onde uma cabeça foi decepada e o sangue todo escorreu,

128 | *lya luft*

abria-se à minha frente. Recuei, virei-me, fugi para meu quarto, e só saí quando era madrugada e tive de beber água. Na manhã seguinte Henrique não estava em casa. Ficou várias semanas com amigos, eu tinha notícias dele por Olga, a quem telefonava.

Henrique só voltaria a morar comigo anos depois, quando me instalei nesta casa. Mas em uns meses nos encontrávamos de novo, sem tocar naquela briga; ele almoçava comigo, ficava às vezes algumas noites, mas não era mais o filho que eu imaginava. Agora era um homem, e talvez eu pudesse conquistar a sua amizade. Talvez pudesse consertar os fios gastos e puídos, repuxados demais, que já não conseguiam nos unir.

7 | Lívia

*"Arranco-me de mim como se o fizesse
e pedra ou árvores. (...) Lanço-a
do meu flanco, feita vômito ou fera."*

Hélio Pellegrino

O pôr do sol parece brotar do galho escuro no nevoeiro seco e quente. Tomei um banho para espantar o torpor. Ainda não concluí a minha dolorosa contabilidade.

Estou um pouco arrependida de voltar atrás, dizendo ao jardineiro que não mexesse debaixo da árvore: quem sabe o que vou sofrer por isso? Mas amanhã decido o que fazer. Ou depois da inauguração, quando tudo estiver feito, o último nó dado, os rumos garantidos.

No andar de baixo as tapeceiras deixaram tudo preparado. Telefono de meu escritório para Olga, ela quer saber se estou animada.

— Amanhã apareço, talvez com a mulher de Pedro, já sabemos o sexo do bebê; vai ser outro menino, e vai se chamar Mateus.

a sentinela | 133

— Ótimo. Até amanhã então, vovó Olga — brinco. Ela desliga com uma espécie de bufido sarcástico.

Abro a porta dos fundos sobre o jardim quase escuro. Neste mesmo lugar, nesta soleira, um dia espirrou o sangue de meu pai que eu amava mais que tudo. Horas a fio, dias a fio, escovas e baldes, tentando apagar o inapagável. Só o tempo, diziam, cura todas as dores. Mas pensei ter entendido o que significava o Mar Vermelho de que eu tinha lido na infância.

Vista daqui a figueira se mostra em toda a sua imponência. Até a gruta formada pelas raízes são umas dezenas de passos. O jardineiro empilhou as madeiras velhas mas não mexeu no mato rasteiro ao redor: segredo enroscado por toda parte nos musgos.

Volto ao meu quarto quase correndo; instintivamente, como quando era menina, viro-me uma vez na escada, não há nada atrás de mim, ali?

Depois que Henrique saiu de casa comecei a dar longas caminhadas sozinha; já tinha esse hábito com Olga, que no começo dizia fazer isso para "manter a linha", pois tinha tendência de engordar; hoje diz que é para "não endoidecer de vez". Caminhava sem endereço, vento nos cabelos, imaginando que maneira de andar era essa que Henrique criticava em mim, que jeito de lidar com as pessoas era esse, que ele achava horrível? E eu não gostava de mim: por quê? Talvez tivesse desperdiçado meu casamento com Jaime; talvez nem tivesse sido um bom casamento, e nada dera certo afinal na minha vida.

Por que eu também tinha perdido João, que me amava, sem dúvida me amava muito? Seria só por problemas dele? O que ele tinha querido me dizer há mais de vinte anos com aquele "porque ela não era importante"?

134 | *lya luft*

Em criança eu me sentia sempre endividada, ré, insuficiente; adulta, fora excessiva. Como se fazia para acertar?

Por que Pedro, sendo como era, teria de ser mais feliz do que meu filho — sendo como era?

Meus questionamentos eram confusos e dolorosos, eu me sentia jogada de um lado para outro sem ter a quem recorrer: Olga fora minha conselheira a vida toda, mas essa relação acabaria desgastada se eu só me apoiasse nela.

Pela primeira vez na vida decidi viajar, e sozinha; fiz reserva em um hotel numa praia que a essa altura do ano estaria quase deserta. Levei livros, material de desenho, minha bagagem de angústias. Avisei Olga, avisei Henrique, e parti. No carro segurava o volante como se fosse a minha última tábua: teria forças para mergulhar tão fundo? A montanha-russa de euforia e depressão, que duraria quase dois meses, começava ali mesmo, na estrada.

Voltei sentindo-me estrangeira em casa e na vida. Voltei mais velha, como se tivessem passado anos. Nesse parto de mim mesma, sempre incompleto porque só morrendo se termina de nascer, eu não distinguia a dor física da psíquica.

Quando procurei Olga, eu lhe disse:

— Acho que partejei a mim mesma.

— Bem-vinda ao mundo real, irmãzinha — ela disse enquanto me abraçava.

Eu tinha encontrado uma ponta do novelo, não tudo; o resto ainda hoje desenrolo ao desenhar meus tapetes, escolhendo fios, observando texturas, projetando tentáculos na surpresa, no medo, na beleza e no escuro.

Henrique veio me ver. Não logo; mas veio. Fazia força para ser natural, como eu:

a sentinela **|** 135

— Mãe, você está de cara ótima, tem de tirar férias mais vezes. — Levantou a mão, tocou meu ombro de leve, sorriu. Pediu lanche para Rosa, ouvi os dois rindo na cozinha. Meu caminho até meu filho ainda seria longo.

Eu estava numa nova fase da vida: nem sabia direito qual, mas estava na beira de um novo começo. Alguma coisa parecida com paz se instalava: não a paz da fuga mas do mergulho, do resultado que vem depois do mergulho, quando se sabe que se está começando a emergir mas não se distingue o que vai aparecer na superfície. E mesmo assim, a gente vai.

Então João reapareceu. Com ele as velhas paixões, mas também uma nova presença: Lívia, sua filha, a bela fragilizada, a sedutora sem rumo, a criança sem colo. Quando a conheci ela iniciava uma longa e desesperada viagem na autodestruição.

●

O retorno de João começou através de Elsa, que descobriu Lívia numa fila de cinema onde estávamos juntas. De vez em quando eu tinha remorso, era estranho passar de carro diante daquele edifício na cidade, e de repente lembrar, "ali mora minha mãe, como se fosse uma estranha qualquer".

Então eu lhe telefono, faz tempo que não nos vemos e almoçamos juntas. Nesse dia fomos ao cinema. Mas isso tudo foi quando ela ainda saía de casa, quando não começara a sua descida nessa aridez sem volta de uma mente turvada.

— É ela — disse minha mãe. Ar aflito, já começava a ter esses instantes de confusão.

— Ela quem?

lya luft

— A filha dele, do seu namorado, o das minas, aquele.

Eu sabia que não devia levar o assunto adiante, mas não me contive:

— Onde? Qual delas?

Lívia era uma dessas moças que mesmo perto dos 30 parecem adolescentes; magrinha, cabelo escuro e liso, olhos inocentes, nariz pequeno. Fiquei emocionada, e pensei também o que não devia: Meu Deus, como é delicada; podia ser filha minha e de João. Nossa filha.

Lívia sentou-se um pouco à nossa frente no cinema, era fácil ver sua cabeça, o perfil quando se virava para comentar alguma coisa com a moça ao lado. Na saída eu a vi mais uma vez, andando quase ao meu lado; um pouco encurvada, podia ser doente, fraca. Voltei para casa agitada.

Procurei minha mãe com mais frequência nesses dias, ela estava num frenesi de remexer em coisas minhas, era um modo de me controlar outra vez. Falava sem parar, perguntava de minha vida e interesses, era quase minha mãe interessada, mas eu sabia: era agitação para espantar a solidão.

Não foi difícil encontrar o fio que conduziria a João, ou a algum tipo de notícia dele. Eu estava numa fase boa; não havia nenhum paroxismo na minha busca, nem desejo de saber, me vingar, reatar. Era uma volta ao que fora bom; quem era essa filha, onde estava João, o que era feito dele?

Lívia trabalhava na loja da mãe, e também isso Elsa descobriu, chegou a comprar alguma coisa dela, conheceu sua mãe Telma, a dona, ficaram "quase amigas".

Senti medo de que minha mãe botasse tudo a perder.

— Você falou em mim, mamãe?

a sentinela | 137

— Não, imagina só. Nunca, ainda mais que essa mulherzinha tirou o seu namorado, conseguiu o homem que você amava, imagina se vou falar alguma coisa para ela.

A curiosidade foi mais forte e acabei encontrando a loja; vendia entre outras coisas telas para meus tapetes, e foi um bom motivo. Telma pode ter me reconhecido, de vista, mas não sei se me identificou; não demonstrou maior interesse. Na segunda vez em que fui até lá, Lívia estava, e me atendeu. Vista assim de perto parecia realmente cansada; a cor não era boa, a pele também não; havia um leve tique nervoso no canto da boca bonita.

Voltei lá mais vezes, numa delas, quando Telma não estava, perguntei-lhe pelo pai. Ela me olhou, admirada:

— A senhora conhece?

— Fomos amigos, mas isso foi muito antes de você nascer.

— Engraçado, não é? O pai da gente ter sido mocinho, rapaz...

Falamos nele mais vezes, ela se referia a João com um misto de ternura e admiração, às vezes mágoa. Telma a tratava com grosseria, repreendia Lívia na frente de clientes, eu sentia pena.

Um dia, fui apanhar uma encomenda, e a moça não estava.

— Sua filha ficou doente?

— Não, é preguiça mesmo. Anda de noite por aí, de dia está cansada, tem vezes em que dorme até o meio-dia. Quando começa assim, já sei: outro emprego que vai perder. Por isso botei pra trabalhar aqui comigo, mas se começar a incomodar muito, mando para o canalha do pai.

Era de João que ela falava. Saí da loja, rosto ardendo.

Um dia convidei Lívia para conhecer minha casa, meus trabalhos. Ela olhava os tapetes com agrado, veio várias vezes,

138 | *lya luft*

aproveitava para dar telefonemas. Em casa, dizia, a mãe vigiava demais, "Mamãe é muito severa, é do tempo antigo. Não evoluiu nada."

E certa vez disse com um desdém que me assustou:

— Minha mãe é uma suburbana.

Henrique e Lívia encontraram-se, saíram juntos uma vez ou outra. Quando o interroguei, ele amarrou a cara:

— Não gostei da garota. Anda com uma turma da pesada.

— Pesada como?

— Droga, mãe, cocaína, pó. Muita bebida, um dos caras com quem ela anda é traficante. Onde você arranjou essa menina?

— Filha de uma conhecida, fiquei com pena. Achei que era doente.

Ele riu:

— Você, hein, mãe? A menina doidona, e você achando que era doença.

Meu coração ficou pesado, pensando em João. Lívia vinha me visitar seguidamente agora, almoçava, tomava lanche, dava seus telefonemas, ainda me comovia mas também me assustava um pouco, isso das drogas não fazia parte de minha vida. Comecei a fantasiar: talvez ela fosse uma vítima, com certeza, na sua inocência. Ou havia em seus olhos uma expressão astuta, um ar de velhice descrente?

Comentei com Olga, ela foi cética, e dura:

— Nora, posso lhe dizer uma coisa? Você parece estar tentando melhorar sua vida, entrar numa nova fase, e isso me deixa muito feliz. Droga é coisa difícil. Não queira dar uma de santa e ajudar a salvar essa moça, para isso é preciso ajuda de profis-

a sentinela | 139

sionais competentes. Além do mais, ela é filha do seu cigano: você vai se enrolar, vai quebrar a cara. Fique de fora.

— Você às vezes nem parece médica.

— É porque sou médica, atendi muito menino com esse tipo de problema, encaminhei para quem sabe ou tenta ajudar. Nunca me julguei capaz. Além do mais, para isso os pais são os responsáveis.

— Mas João mora longe, não é responsável.

Olga deu um de seus suspiros de mãe diante da filha ingênua:

— Nora, a gente é sempre responsável. Eu digo isso: teve filho, é responsável. Estou cansada de atender essa meninada doida, as mães histéricas, ou pais boçais, ou pais dedicados e atônitos e mães fúteis, enfim, os filhos entraram pela trilha errada e os pais não sabem como agir. É patético, é dramático, é tudo o que você quiser, mas a gente é responsável, sim.

— Tudo bem, mas acho que os pais dela nem sabem direito o que acontece, eu sei alguma coisa por causa de Henrique.

— Bom. Nesse eu confio, tem mais juízo do que você. Nora — ela virou-se inteira para mim —, eu acho simpático você se comover, querer ajudar, mas acredite: não dá. Amanhã o tal das minas volta e você cai de novo como um patinho. Eu vi o que você sofreu aquela vez, ficou quase louca, não pense que esqueci. Trate de ser feliz. Faça mais tapetes, contrate mais ajudantes, abra uma empresa, o diabo. Mas cuide de você.

Certa noite Telma telefonou, fiquei surpresa:

— Achei o telefone na agenda de Lívia. Ela está aí?

— Não, por que estaria?

— Disse que ia passar o fim de semana com você.

140 | *lya luft*

— Não sei de nada... — eu estava constrangida, ainda por cima traindo a menina. Mas não podia mentir.

— Tudo bem, ela tem de voltar para casa. Se ligar para aí, avise. Porque, se não aparecer logo, eu interno ou mando de volta para o cachorro do pai.

•

O pai de Lívia entrou de novo em minha vida da maneira mais natural, como se fosse ontem: lá estava ele ao telefone. Reapareceu como se emergisse do mar, da piscina depois de nadar um pouco. Não fez rodeios.

— Estou na cidade por uns dias, descobri que você é amiga de minha filha — pigarreou. — Gostaria de lhe falar sobre ela. Pode me dar uns minutos?

— Claro, João, claro — gaguejei de surpresa. Todos esses meses imaginando um encontro, escolhendo os fios certos, e de repente lá estava ele: tão fácil, mais uma vez.

— Mas preciso falar pessoalmente, assim no telefone não dá. Tem problema para você jantar comigo uma noite dessas? Hoje?

Meus joelhos começaram a tremer, sentei-me na cadeira junto do telefone.

— Não tem problema. Hoje? Deixa ver... — eu fingia, como se para mim fosse a coisa mais natural do mundo, ver a agenda, ver se sobrava um espaço para ele. — Sim, hoje está ótimo.

Quando entrei no restaurante com a sensação de euforia de um copo de champanhe tomado em jejum, a primeira coisa que vi foi o rosto dele; como se houvessem dirigido uma luz especial

a sentinela | 141

sobre aquele homem, único. Parecia distraído, olhando o copo que girava na mão. Quando me viu sorriu, alegre, levantou-se rápido, veio ao meu encontro. O abraço rápido também, o beijo sempre perto do canto da boca, dessa vez não ficara marca do meu batom.

Quando ele ajeita a cadeira para que eu me sente, inspiro forte: o cheiro dele, da sua pele, seu corpo, sua água-de-colônia. Fecho os olhos.

Senta à minha frente, e só então percebo que está grisalho: o tempo passou para João. Vincos nos cantos da boca, rugas nos cantos dos olhos, na testa uma linha vertical de preocupação. Inchaços debaixo dos olhos: cansaço, bebida? Doença?

Falamos banalidades, o trabalho dele (ainda longe), minha vida (Henrique, os tapetes), mas nossos olhos são perquiridores, estudamos um no rosto do outro os sinais, as vivências. E o que sobrou de nós, nós de antigamente?

Depois ele fala do tema que o angustia: Lívia não parece estar "nada bem". Não para em emprego; tem uma relação péssima com a mãe; por outro lado, não conviveu muito com o pai, que Telma se encarregou de pintar como um canalha. Ele diz a palavra, e sorri, irônico e triste.

— Lívia gosta muito de você. Não sei por que ela não tem amigas, ninguém que queira me ver, me falar dela, essa coisa Deve ser a tal turma dos adolescentes.

Olho para ele surpresa. Lívia não é mais uma adolescente, é uma mulher cheia de problemas; mais experiente do que ele talvez imagine, mas isso não digo.

João também quer saber o que Lívia fala dele.

— Em geral fala com muito afeto.

142 | *lya luft*

— Bom. Vou precisar de todo esse afeto para chegar até ela, para cuidar dela.

— O que está acontecendo de verdade, João?

Ele empurra o prato; olha para mim, bate o indicador no peito, diz devagar, enfático:

— O meu coração está velho e cansado. Passei anos roído de culpas, as devidas e as indevidas, por causa dessa filha entre outras coisas. (Estarei entre essas "outras coisas"? Mas ele quer falar na filha.) Agora quero desfazer o que pode ser desfeito, recuperar o que for recuperável. Lívia é... uma menina frágil. Nasceu mal equipada para a vida.

Sua expressão é tão dolorida que tenho vontade de abraçá-lo, esquecer o mal, o abandono, o desespero por que passei.

Ele se inclina sobre a mesa, fala mais baixo:

— Você sabe que ela tem problemas sérios, não sabe?

— Parece que anda com gente... problemática.

— Eu sei que está envolvida com drogas. E estive sempre longe... — ele contrai o rosto, tenho medo de que chore. Controla-se, mas por um momento não consegue falar. Estendo a mão sobre a mesa, ele a pega, aperta firme, olhos baixos.

E então vi que o amor não tinha acabado. Estava ali em nós dois, pulsava nessas engrenagens ainda prontas para disparar; eram engrenagens gastas, mas nada mudara basicamente. Ainda havia o amor, o soterrado amor de tantos anos. Se não fosse assim João não teria me procurado para falar da filha. Lívia e seus dramas eram uma realidade dura de aceitar, ele sempre fora um sonhador, agora a verdade caía sobre ele, implacável, a filha sem rumo, a droga, o desatino, ele impotente. Falava muito em

a sentinela | 143

Lívia como se fosse uma menina frágil. Talvez contagiada pelo ceticismo de Olga, eu agora acreditava pouco nisso.

Então ele aperta minha mão outra vez, me olha de frente, diz:

— Ela podia ser *nossa* filha.

Tenho um sobressalto: o João de antigamente falava comigo, aquele seu jeito veemente.

Difusa vinha com isso a noção de que também ele estava fragilizado, num momento especial: precisado de alguém, de mim, por isso se expunha tanto. Sobre esse João eu poderia derramar todo o leite e o mel da minha solidão e minha necessidade de amar.

Não faria mal se fosse só um momento: seria o *meu* momento.

•

Na primeira vez que fomos para a cama o tempo voltou atrás: ainda estava tudo ali: a intimidade dos corpos, a cumplicidade das emoções e o ritmo do amor. Apenas, com uma nova sabedoria.

E eu, que abdicara do amor quando perdera João, e de minha feminilidade quando Jaime se fora, me entreguei sem reservas.

— Achei que ia morrer — ofeguei quando passara a fulguração que me jogava no alto, na crista onde ainda vi o rosto de João desfeito de prazer, e ouvi minha voz num gemido que ele abafou com sua boca.

Mais tarde inclinou-se sobre mim, passou a mão pelo meu corpo:

— É a primeira vez que você não se cobre logo depois.

— É a primeira vez, ponto. Não estou um pouco velha para isso?

Ele riu, olhava bem em meus olhos:

— Nora, você é uma força da natureza. E olhe que conheci muitas mulheres.

Escondo o rosto na curva do seu pescoço. Ali se concentra para mim, nesse instante, o mundo todo.

•

Sem demora João alugou um apartamento perto do meu; estabelecemos um tipo de rotina. Às vezes dormia em minha casa, mas como Henrique pudesse aparecer, preferíamos a de João. Não falei muito com meu filho sobre nada disso; ele sabia que eu estava saindo com o antigo namorado, pai de Lívia, e pareceu contente.

— É isso aí, dona Nora, gostei de ver, anda mais bonita, mais arrumada — saiu cantando: — "É o amor, é o amor..."

Mas aos poucos, mais uma vez alguma coisa aflitiva foi se instalando entre mim e João: além do amor, além da paixão e da cumplicidade, agora talvez maior do que na juventude, pois éramos, os dois, mais densos, mais velhos. Mas nossas conversas acabavam sempre girando em torno de um mesmo e invariável tema:

— Tenho pensado que Lívia não devia morar mais com a mãe. A relação está cada vez mais deteriorada; Lívia some de casa, isso me deixa louco de preocupação, mas vai dormir em casa de amigas, de primas, porque não suporta o ambiente com Telma. Outro dia, me disse, sonhou que estava sendo devorada por uma enorme aranha... com o rosto da mãe.

a sentinela | 145

Eu sabia que ela não estava em casa de amigas e parentas, mas ficava calada.

— E por que você não aluga um apartamento para ela? Quando melhorar no emprego novo, pode ajudar a pagar o aluguel, para não ficar tão dependente de você.

— Não imagino essa menina morando só. Seus amigos logo se aproveitariam dela, se instalariam; Telma se queixa de que o telefone toca nas horas mais estranhas, de noite, de madrugada... Não. Ela teria de morar comigo.

Não sei se ele se controlou para dizer isso de jeito tão natural, ou se para ele era natural de verdade.

Escolhendo delicadamente as palavras, e o tom de voz, de repente eu estava alerta, cuidado, cuidado, para tudo não desmoronar. E disse:

— Mas João, Lívia não é uma menina. É bem mais velha que Henrique, e parece que para você continua uma criança.

Ele não me encarou direto e vi que estava magoado.

Num outro dia contou-me algo ainda mais estranho do que o sonho da aranha:

— Lívia me disse que ontem, num bar, pensou que fosse um cachorro, com rabo e orelhas; enfiou-se debaixo da mesa, todo mundo começou a rir dela. Coitadinha, estava humilhada.

Para mim, nas raras vezes em que agora nos víamos, Lívia nunca contava esse tipo de coisa. Talvez fosse vergonha; talvez inventasse essas histórias para comover o pai, para conseguir sua indulgência... eu não sabia o quê.

Telma andava insistindo em botar a moça numa clínica; João defendia a filha, nem pensar.

Desde que João e eu estávamos juntos Lívia não me visitava mais.

— João, você acha que ela não está gostando dessa nossa situação?

— Imagine. Ela adora você. É que Telma está fazendo muita carga contra.

Fiquei admirada:

— Telma? Por quê?

— Sei lá. Ciúme.

— João, vocês estão separados há vinte, quase trinta anos, seria um absurdo.

Ele suspirou:

— Telma ficou uma mulher muito amarga. Fará qualquer coisa para me magoar, até usando Lívia.

Aquele não era o meu mundo; alguma coisa ali me dava medo. João parecia transitar ali com bastante naturalidade, mas eu tinha de me esforçar por não me mostrar chocada.

— Claro. É filha dele, não importa se é drogada, se mente. Lembre-se disso — avisou Olga.

O telefone começou a tocar em horas impróprias no apartamento de João quando estávamos juntos. Era sempre Lívia. Falavam longamente, João argumentando, discutindo, por vezes zangado; em geral desligava deprimido, ficava distante e distraído. O que tudo aquilo ainda faria conosco?

Uma vez não me contive. Quando ele desligou, eu disse, aborrecida:

— Você não acha que Lívia liga sempre a estas horas para nos interromper?

a sentinela   147

Ele me acusou de egoísta. Nem parecia que também era mãe. Respondi que eu achava exagerada sua visão da filha como uma vítima inocente, ela estava com 30 anos, pouco mais, era livre, usava drogas há muitos anos, não devia ter uma vida muito inocente. Tivemos uma discussão breve mas cheia de hostilidade; fui para casa na mesma madrugada, apesar dos protestos dele.

Saindo da garagem do seu edifício para a rua, rodei algum tempo sozinha sob o céu que clareava: o que estava acontecendo comigo, conosco? Lívia, a quem eu deveria ter adotado como filha, transformava-se numa ameaça; pior ainda, eu não sentia mais a menor ternura, nem mesmo simpatia pelo seu drama.

Certa noite eu estava em casa quando a campainha tocou. Quase meia-noite. Rosa abriu, e por pouco não deixou cair para dentro uma Lívia irreconhecível: desgrenhada, pálida, cambaleando um pouco, evidentemente alcoolizada. Dizia coisas desconexas; ajudei-a a deitar-se no sofá. Rosa parada do lado, cara feia. Finalmente fizemos Lívia tomar banho, emprestei roupa de dormir, telefonei a João sem ela saber. Em poucos minutos ele apareceu, pálido e tenso. Deixei-o sozinho com a filha, que não acordou; estava feia, ressonando de boca aberta, ainda se podia sentir seu hálito de bebida pelo quarto.

João parecia humilhado, ficou um pouco, pediu que eu a deixasse dormir até tarde no dia seguinte, ia passar lá pelo meio-dia para apanhá-la.

Eu tinha um compromisso; quando voltei, Rosa estava indignada. Fora acordar Lívia antes da hora que João marcara para aparecer, mas a moça a recebera com uma chuva de objetos e palavrões. Por fim saíra sozinha, sem esperar o pai, pegara um vestido meu no armário, deixando a sua roupa suja para Rosa lavar.

148 | *lya luft*

Lívia sabia mostrar um lado desagradável e vulgar, seu lado escuro. Fiquei assustada. João, aflitíssimo.

— Por que não fala com o psiquiatra dela? Isso não pode continuar assim.

Ele evitou meu olhar:

— Eu estou em contato com ele. Lívia não tem aparecido nas sessões.

Fingi espanto:

— Mas como? Ela não quer ajuda? Não está disposta a deixar a droga, não tem lhe dito isso... que fará tudo para não ser internada numa clínica? Que vai se comportar para você continuar dando mesada, essas coisas?

— Não é tão simples assim — nesse momento, ele pareceu um menininho emburrado.

•

Nos meses subsequentes, com momentos felizes e intervalos cada vez mais longos de problemas com Lívia e discussões entre nós, João planejou uma última viagem: pensava em transferir-se definitivamente para o país, talvez a cidade, para ficar mais perto da filha.

— E de mim? — brinquei.

— Claro, meu anjo. De você sobretudo. — Eu senti que era mentira.

Numa dessas últimas noites, em meu apartamento, o telefone tocou. João atendeu, passando o braço por cima de mim na cama, sem acender a luz; eu já sabia: Lívia. Ele falava baixo,

a sentinela | 149

parecia tão confuso que me preocupei. Desligou, olhou para mim, o rosto pálido na luz do abajur que eu acendera:

— Lívia foi presa comprando pó. Está na delegacia.

Foi tirá-la de lá, levando um advogado. Só me telefonou na noite seguinte. Parecia exausto e agitado. Lívia ia passar com ele os próximos dias. Telma já tinha concordado.

A partir de então nossa vida foi uma sequência de breves momentos felizes intercalados por longos, e aborrecidos, problemas de Lívia. João não podia viajar comigo nem um fim de semana, porque precisava estar à disposição dela, Lívia podia ter uma crise grave; depois sofreu uma overdose, João fora avisado por amigos dela, assustados, não queriam se incomodar com polícia. Os dias que ela passou num hospital foram tristes, João um homem derrotado. Seu amor falhara, ele não era nada, não era pai. Suas autoacusações, que me enterneciam no começo, agora me davam vontade de olhar o teto e tamborilar na mesa. Eu seria dura de coração? Incompreensiva, má?

Então, pela primeira vez concordando em alguma coisa, João e Telma decidiram que ela tinha de ser internada. Uma clínica famosa, caríssima, que João ia pagar. Ele parecia enormemente aliviado: finalmente alguém cuidaria de sua filha.

Telma porém recusava-se a participar de qualquer coisa; tive de comprar roupas para Lívia, as dela eram encardidas demais para levar para a clínica; tive de acompanhar João em duas visitas, assistir a reuniões de médicos com pais, amparar um João arrasado. Ela me tratava com fingida doçura na presença do pai, deitava a cabeça no meu colo, ele nos contemplava, emocionado, "a nossa filha". Mas eu via no canto dos olhos dela quando me

150 | *lya luft*

fitava rapidamente, eu via: não havia cura para Lívia, era uma alma corroída por sabe lá que sombras.

Os médicos também foram realistas; dificilmente havia cura, a família era muito importante, a força de vontade do viciado... cansei-me de ouvir, de ler, de falar no assunto, no fim eu era quase perita. Em compensação nossa vida estava sendo destroçada. Olga tinha razão; mas agora eu não tinha como sair desse apertado novelo.

Entrara nele por causa de João, com ele; mas não via maneira de sair sem dilacerar o que eu mais desejava ter na vida, e agora tinha nas mãos, com tanta aflição.

8 | *Olga*

*"A vida tem brasas, um calor
(esse calor que os mortos não têm mais),
sobressaltos, mistura de luz brilhante e fumaça
negra, e, como o fogo, alimenta-se da destruição."*

Marguerite Yourcenar

A casa é um peixe nas águas da noite. Henrique e Rosa conversam no térreo, dão risadas. Ela também se preocupa, é quase um filho seu.

Rosa saberá mais do que me diz? Henrique não a leva muito a sério (nem a mim), chama-a de velha bruxa; eu, mesmo sem compreender, sinto que Rosa lida com todo um mundo que desconheço mas existe, está aí, nós mergulhados nele: o das forças da natureza, as palpáveis e as indizíveis, bem e mal, vida e morte.

Por que essa cara séria, ao me contar que apanhou Henrique lá embaixo, de madrugada? Sonambulismo não é assustador, eu mesma não sofri disso, quando menina?

Perguntei a Olga se alguém pode ficar sonâmbulo depois de adulto.

— Não vai me dizer que você começou de novo — me olhou por cima dos óculos na ponta do nariz, também pareceu, de

a sentinela | 155

repente, uma feiticeira rechonchuda. — Você já deu muito susto na gente com isso. Pode parar por aí.

— Não sou eu. Rosa acha que Henrique...

Ela interrompeu, o gesto enérgico de negação:

— Bom, Rosa não é propriamente uma boa informante em assuntos médicos. Ela é mais bruxa do que outra coisa, não é? —Depois indagou: — Quando?

— Umas duas vezes, pelo menos que Rosa visse. Logo que nos mudamos, e... anteontem, parece. Encontrou Henrique uma vez na porta do jardim, nos fundos, outra vez querendo subir a escada para o quarto; ele parecia não notar nada, aí acho que acordou, sei lá. Quando perguntei ele achou graça, mas Henrique sempre acha graça de tudo, disse que agora a gente se preocupa até quando ele vai beber água... você sabe como ele é.

— Olha, Nora, ele deve estar cansado, estranhando a casa; além disso morou anos com amigos, de repente volta a ficar com você. Por mais que isso seja bom, que ele esteja contente, pode estranhar no começo. Esqueça.

Mas não fiquei inteiramente convencida. Na casa que fora a minha e eu tinha comprado outra vez muitas coisas tinham acontecido: ali podia haver restos, resquícios, que nem mesmo Olga, velha e arguta, haveria de entender.

•

Olga entrara na vida de Elsa e Mateus como um estranho dote; filha de um namoro da juventude, vivera com o pai sob cuidados de uma babá praticamente desde o nascimento. Não sei qual foi o arranjo que Mateus fez com minha mãe

156 | *lya luft*

quando eram noivos, não sei como Elsa aceitou a ideia de que o marido viria com uma filha, não sei que paixão o induziu a atender aos caprichos dela. Mas com oito anos Olga foi posta no internato onde eu definharia por quase dois anos, muito tempo depois. Ela só saía de lá para férias e feriados longos, e posso imaginar como a madrasta a tratava. Da escola Olga passou para a faculdade de medicina em uma cidade próxima, dividindo um apartamento com colegas. Lembro ainda dos protestos, alusões, indiretas de minha mãe quanto ao "desperdício" de Mateus gastando dinheiro com faculdade de medicina. E por que a menina não pegava um emprego, para ajudar nas despesas? Onde se viu essa liberdade, apartamento com outras moças? Por que não uma pensão, mais simples? Nunca vi Mateus discutir por causa disso; calava-se e fazia o que julgava certo. Foi uma das poucas coisas em que Elsa não conseguiu interferir.

Olga parecia não dar a menor importância à minha mãe. Quando estava conosco, era uma hóspede; ocupava o quarto de hóspedes, tratava minha mãe com cortesia, brincava comigo, não gostava de Lilith. Saía com nosso pai algumas vezes para fazer compras, roupas e o que ela precisasse, até que, adulta, resolvia sozinha todas as suas coisas.

Lembro dela, um pouco gorda, cabelo preto e crespo, parecidíssima com Mateus; caminhavam de mãos dadas; circulava entre eles uma ternura boa, vigorosa como eles próprios eram. Lembro dela entrando na caminhonete do pai para irem à fazenda, os dois de calças compridas e botas, rindo, falando alto. Lembro o rosto dela branco e desamparado diante do caixão do pai, mas segurando firme, na sua, a minha mão.

a sentinela | 157

Quando falo com Olga hoje, vejo meu pai; assim como, falando com meu filho, vejo minha irmã morta.

Olga é dessas pessoas a quem as contrariedades da vida, em vez de derrubar, fortalecem. Vencia nela, quase sempre, uma natureza saudável; gostava de rir, de caminhar, gostava de bichos e de gente. Sua escolha de uma profissão foi natural: Mateus tinha diploma de médico embora sem exercer: era mais um laço entre os dois, que certamente aguçava a contrariedade de minha mãe.

O casamento com Albano era um dos poucos que negavam o comentário de João sobre casais com mais de dez anos de convívio estarem entediados ou insatisfeitos. "O melhor casamento é uma prisão cinco estrelas", ele dizia. Olga e o marido eram parecidos em muita coisa; naquilo em que diferiam havia uma complementaridade, uma camaradagem que superava as distâncias. Não se viam nem tédio nem desgosto entre aqueles dois. Bastava estar com eles, entrar na casa deles, e sentia-se aconchego, afeto bem-humorado, paz.

Albano era químico de renome; um típico intelectual distraído, olhar perdido atrás dos óculos grossos, sempre concentrado em alguma coisa além do cotidiano; mas era de trato tão gentil, tão doce, tão discreto, que não se podia não gostar dele.

Compensava com sua tranquilidade os ímpetos de minha irmã, sempre correndo entre consultório, hospital, aulas na faculdade, e, uma ou duas vezes por semana, atender crianças de vilas pobres; entrava em seu velho carro, cheia de pacotes de roupas e remédios que arrecadava, e lá ia, animada.

Mas num momento em que eu me debatia entre João e Lívia, vendo Olga poucas vezes e até negligenciando meus trabalhos porque João precisava de mim ou eu estava tão cansada que não tinha ânimo, Olga me convocou. Era a minha vez de lhe dar cuidados, afeto, companhia. Acho que sempre tentamos substituir nosso pai uma para a outra.

Nessa noite eu não tinha ido ao apartamento de João: precisava de sossego, ordenar várias coisas em casa e no trabalho, já estava com duas artesãs ajudando nos tapetes.

Olga chegou sem se anunciar, fazia dias que nem falávamos ao telefone. Rosa abriu a porta, minha irmã entrou, postou-se no meio da sala, e quando eu me levantava para a abraçar desatou em pranto, as duas mãos tapando a cara; a bolsa caíra no chão.

Eram os longos soluços de uma criança que tivesse levado uma bofetada dura.

Fiquei atarantada, toquei seu ombro, seu cabelo, me senti desajeitada e incapaz:

— Olga, pelo amor de Deus, o que foi? Você quer um uísque? Um calmante?

Ela gaguejou alguma coisa entre soluços, mas não compreendi.

Consegui levá-la até o sofá, onde enxugou os olhos com lenços de papel que eu ia tirando da sua bolsa; cerrava os dentes para se controlar. Por fim murmurou, ainda tapando os olhos:

— Já estou... já estou melhorando.

Depois pegou um cigarro, acendeu-o com mãos trêmulas, fungou, o esforço de se controlar era duro.

Não a tinha visto assim nem quando Mateus morreu, e eu, mergulhada em horror, tinha dela o colo materno; hoje me dava conta de que naquele tempo era ainda um colo bem juvenil, Olga era recém-casada quando isso aconteceu.

a sentinela | 159

Por fim, como ela não começasse a falar mas olhasse fixo para a parede, perguntei, baixo, enquanto Rosa sumia na cozinha:

— Olga, fala pelo amor de Deus. O que foi?

Ela disse em tom monótono, mas alto:

— Você não vai acreditar. Você não vai acreditar — era como se não tivesse percebido minha presença, falava sozinha.

— Olga, se você não falar agora, eu vou começar a gritar.

— Um AVC — ela disse, em voz monótona. — Um AVC. — Depois pareceu lembrar onde estava, disse. — Uma isquemia. Albano teve uma isquemia. Ontem. Esta noite. Não avisei porque não saí do lado dele, queria... queria ver como ia ficar o... o quadro. O quadro. O cérebro dele, aquela mente privilegiada... — e se engasgou.

Olga era a minha fortaleza. Nada jamais poderia dar errado com ela e com Albano.

Fiquei quieta tentando digerir a notícia. Ela esmagou o cigarro no cinzeiro, pigarreou para controlar a voz, inspirou fundo.

— Não havia nada que indicasse, nada que... que eu pudesse fazer, como prever, como... prevenir.

Pareceu refletir intensamente: onde, quando, o destino dera um sinal, e ela, logo ela, sempre atenta, amorosa, ela, uma profissional, deixara de perceber alguma coisa que não podia ter passado despercebida? Em quê, como falhara?

Então Olga fora atingida. Num segundo, subindo a escada da vida, ficara na mira do inexorável caçador; a bala certeira atingira o alvo com perfeição.

Olga envelhecera nessas horas: bolsas debaixo dos olhos, novos vincos nos cantos da boca. O brilho, aquela sua energia desapareceram como se a tivessem despido, era agora uma nova pele, outro vestido, ou simplesmente a nudez.

160 | *lya luft*

— Derrame — repetiu de novo, mais três vezes. — Uma devastação. O cérebro... — fez uma pequena careta mas se recompôs. — Não sobrou quase nada.

Recostei-me no sofá, o coração pesava demais. Tentei pegar a mão dela mas Olga recolheu a sua, nem percebia o gesto de amor, era como se precisasse ficar assim, encolhida, concentrada em si, em Albano, no que acontecia. Precisava de cada fragmento de força para prosseguir. E ainda podia haver um longo caminho.

— E agora? — sussurrei, sentindo-me inútil.

— Agora... se ele resistir, vou levar para casa e cuidar.

Parecia perplexa, franzia a testa como se precisasse entender alguma coisa indecifrável. Seria bom ele resistir? Aquele homem bom, aquele intelectual, austero e afável, sempre ligado àquela mulher forte que tinha por ele verdadeira devoção... o que seria dele agora?

— Mas cuidar como, Olga? — perguntei sentindo que ela precisava falar para acreditar.

— Cuidar. Como de um bebê.

Inclinei-me para ela, peguei seu braço:

— Mas como, bebê?

—Ele não vai falar nunca mais. Provavelmente. Provavelmente vai usar fralda, vai se alimentar por sonda, vai... — Não conseguia mais falar. Rosa voltou com água e um comprimido.

Olga reassumiu por um segundo o olhar profissional:

— O que é isso?

— Calmante. Esse que você mesma me receita.

Ela sorriu sem alegria, pegando o copo:

— Estão me dando essas porcarias há 24 horas.

— Não faz mal. Você está tão tensa que nem uma bomba a derrubaria agora.

a sentinela 161

Olga fora atingida pelo furacão como todos nós: um dia, encontraria o centro, o olho, onde se consegue resistir, até viver, mesmo com aquilo bramindo e girando ao redor.

Deixei um bilhete para Henrique caso ele aparecesse, pedi a Rosa que telefonasse a João na manhã seguinte cedo, e fui com minha irmã ao hospital. Quando vi que ela tinha vindo em seu carro fiquei horrorizada:

— Olga, você é louca. Como foi que conseguiu dirigir até aqui nesse estado?

Ela não sabia, estava em outro registro, outra realidade. Será que se dera conta de que tinha dirigido até minha casa no meio da noite, sozinha?

Foram longas horas, longos dias e noites. Sempre que podia eu estava com ela no hospital, esperava na pequena sala do CTI; ela passava lá dentro a maior parte do tempo; cada vez que emergia daquele estranho mundo de luz branca e esverdeada, vultos sobre camas separadas por biombos, ligados à vida por tubos e fios, controlados por aparelhos que piscavam ou emitiam sons desolados, vinha mais velha. Mais magra. Mais apagada.

Em certas horas era só eu na saleta; ou uma, duas pessoas mais, sonolentas, gastas; às vezes a saleta se enchia, de repente todo mundo quebrava o silêncio ao mesmo tempo, falando em confusão, descrevendo os horrores daquela caverna onde meu cunhado tentava sobreviver. Trocavam receitas, trocavam nomes de médicos, trocavam esperanças, mas sobretudo aliviavam-se trocando as dores.

Às vezes, Olga aparecia, dizia:

— Vamos caminhar.

Assim como antes tínhamos caminhado pelas ruas, pelo parque, agora andávamos nos vastos corredores do hospital,

lya luft

acima e abaixo, um andar, outro andar. Olga caminhava tão depressa que as pessoas se viravam para olhar.

— Olga, estamos correndo.

— Foda-se.

Também não se podia fumar ali, às vezes ela metia os dedos no bolso da calça comprida, procurava o maço, lembrava, estalava a língua, sacudia a cabeça, aborrecida.

— Foda-se.

Henrique veio ver o tio, que para ele fora em tantas coisas um pai. Entrei com ele no CTI, na hora da visita. Ele parava num pé e noutro, como Pedro quando veio da fazenda; o rapaz louro e magro, o homem moreno e rude pareciam igualmente crianças nessa hora. Depois Henrique ia para a saleta, Olga sentava-se com ele um pouco, de vez em quando ele se inclinava para a tia, dizia alguma coisa baixinho, acariciava seu braço, só nessa hora o sorriso dela tinha algo da antiga luz, como com Pedro.

João veio pelo corredor, quando Olga e eu dávamos uma de nossas caminhadas: me abraçou depressa, desculpou-se por não ter aparecido logo, não recebera o recado de Rosa. Tive um movimento de impaciência, de repente não fazia mal que ele estivesse envolvido com Lívia, João tornara-se dispensável naquele lugar e naquela circunstância. Abraçou Olga, os dois se entreolharam, ficaram de mãos dadas sem falar.

•

Albano recuperou-se muito pouco; nunca mais falou; nunca mais moveu senão a cabeça e os olhos; aparentemente nada mais entendia do que estava ao seu redor. Precisava de alguém sempre

a sentinela | 163

a seu lado: para manejar as sondas, trocar a fralda, virar o pobre corpo inerte que seria para sempre o seu cativeiro.

A bela mente, que tanto produzira, estava apagada.

Nunca se soube a extensão do que realmente percebia, mas Olga continuou falando com ele como se entendesse, como se nada tivesse mudado. Tocava música, trechos de ópera de que ele havia gostado mais; sintonizava na televisão o noticioso que ele mais apreciava na hora em que costumara assistir; não fazia mal que os olhos — diferentes sem os eternos óculos — se abrissem com aquela expressão vazia, fitassem o teto, raramente se movessem em direção a quem falava.

Uma vez Olga me disse:

— Hoje eu sei como é ter um filho excepcional.

De modo geral, porém, não se queixava. Nunca a vi lamentar-se. Aos poucos venceu o abatimento inicial, saiu daquela espécie de estupor e retomou sua vida. Transferiu para casa o consultório, para estar "mais perto"; havia sempre alguém com Albano, uma enfermeira ou outra, silenciosas e eficientes. Às vezes ela mesma fazia questão de ficar em fins de semana. Eu a vi algumas vezes beijando os pés brancos do amado, acariciando o rosto, penteando o cabelo. Chamava-o meu príncipe, meu príncipe adormecido. Muitas vezes tive de sair depressa do quarto para que ela não me visse chorar.

Ainda estavam casados. Ainda tinham seu mundo: quando entrava naquele quarto Olga se fechava com o marido num limbo onde só ela sabia como agir.

Minha irmã nunca mais foi a mesma: algo se quebrara, nem o tempo consertaria o malfeito. Engordou, depois de emagrecer assustadoramente nas primeiras semanas; deixou de pintar o

164 | *lya luft*

cabelo, as mechas grisalhas e os óculos na ponta do nariz para ler davam-lhe um ar de avó antiga. Voltou às aulas, e com seu velho carro ainda ia às vilas atender crianças pobres duas vezes por semana. Mas seu andar estava mais pesado: fios visguentos enredavam-se em seus pés.

Também não deixou de ir ao sítio onde Pedro vivia; uma vez ainda eu a vi montar e disparar pelo campo, não uma avó, mas a jovem amazona filha de Mateus, e nesse instante me perguntei onde estava aquela bela fêmea, onde botara seu amor, sua feminilidade, sua vitalidade?

Era devotada ao neto, punha-o no colo, contava histórias; gostava de contar divertidos episódios de horror, o menininho ouvia, olho arregalado; depois riam os dois, abraçados. Levava-o a ver o avô; a criança olhava, estendia a mãozinha, acariciava o rosto emaciado.

— O vovô não vai sarar nunca?

Olga inclinava-se, beijava o rostinho:

— Não, agora o vovô fica assim, sempre meio dormindo. Agora ele é o pequeno, você é o grande, e a gente vai cuidar dele.

— Olga, não acha que isso não é bom para uma criança?

Ela objetou, tranquila:

— Doença e morte são preconceitos nossos. Crianças são muito mais naturais. Eu nunca o deixo ver o avô ser lavado, por exemplo, nem o forço a subir ao quarto; mas quando pede, deixo que vá.

Sorriu para me apaziguar, seu novo sorriso que quase nunca iluminava os olhos. Tive vontade de botá-la no colo.

•

a sentinela | 165

Olga introduziu duas novidades em seu cotidiano, além da doença e da tristeza: adotou um gato e um parceiro para jogar xadrez — coisa que sempre tinha feito com Albano.

O gato era pequeno, ruivo, apareceu em seu portão.

— Olga, você sempre disse que só gostava de cachorros.

— Mas mudei. Muita coisa mudou, eu também. Gosto de gato, esse aqui vai-se chamar Otto.

— Mas é nome de gente.

— Tudo bem, Otto é o meu novo amigo.

Afagava a cabeça do gato que logo ficou enorme, gordo, e andava nos calcanhares dela pela casa como um cão fiel. Olga só não permitiria que chegasse perto do quarto de Albano.

— Otto é nome de gente e de cachorro, um daqueles grandões, bochechudos.

— Otto é este aí, pare de aborrecer, ele fica nervoso — ela achava graça.

— Mas parece aquele de Lilith. Lembra? O ruivo, aquele do retrato. Vivia atrás dela, eu tinha pavor.

Olga pareceu lembrar; nunca visitava Elsa mas o retrato tinha estado antes disso em casa de Mateus quando ele era vivo.

— Claro! Claro! O bicho também tinha um nome diferente, de passarinho; não, de anjo. Querubim?

Franzia a testa, querendo lembrar.

— Serafim.

— Isso. Serafim — olhou para meu lado, meio divertida: — Então este vai ser o meu Otto-Serafim. Aquela sua irmã era doida como o diabo. Lembra aquela vez que disse que sua mãe tinha preparado seu coelho de estimação para o almoço?

166 | *lya luft*

— Quase morri. Vomitei em cima da mesa. Todo mundo negou, mas a verdade é que o coelho sumiu.

•

A outra novidade na vida de Olga foi Avelino. Quando voltara ao consultório dela com o filho, acabara revelando que era um excelente jogador de xadrez, e minha irmã o escolheu como seu parceiro.

Já começara a vir; uma, duas vezes por semana sentavam-se juntos no fim do dia, retomando a partida exatamente como a tinham deixado na vez anterior, ninguém podia mexer no tabuleiro sagrado. Era como um corredor sem fim pelo qual ela entrasse, concentrada em alguma coisa além da vida destruída e da beleza ferida.

Jogavam quase sem falar; ambos bebericando copos e copos de vodca, Olga estava bebendo demais, fumando feito doida, mas se eu reclamava soltava apenas sua fórmula predileta:

— Foda-se.

Aos pés dela, invariavelmente, a mancha ruiva do gato, o seu Otto-Serafim.

Pareceu ansiosa por instalar o consultório em casa onde ficara a biblioteca de Albano que fora doada inteiramente à universidade onde ambos lecionavam; também se desfez de toda a roupa dele, menos os pijamas e meias; reservou o melhor terno, a camisa branca, o sapato mais novo e a gravata mais bonita; eu, que a ajudava a arrumar tudo, não perguntei para quê. Foram dias difíceis, Albano recém-instalado em casa. Olga trabalhava, recolhia livros ou roupas, revirava, empilhava, sem

a sentinela | 167

falar quase. Seus dentes estavam cerrados com tanta força que havia manchas brancas em torno de sua boca, e o músculo do maxilar trabalhava como em João quando este se remoía por causa da filha.

Mas depois que livros, roupas, objetos saíram de casa, ela pareceu um pouco mais aliviada.

Na primeira vez em que consegui persuadi-la a sair comigo de noite, para jantar fora, ela entrou mais ereta no restaurante, pediu o copo de vodca, examinou o cardápio, animou-se:

— Não gosto de mim triste desse jeito. — Olhou em torno, inspirou fundo. — Era disso que eu estava precisando, ver gente. GENTE! — exclamou, enfática.

— Você vê muito mais gente do que eu.

— Falo de gente alegre, divertindo-se, falando alto, comendo coisas deliciosas, bebendo.

Intimamente isso me alegra: a força da vida ainda chama. A vida tem muita força, aprendi isso: basta a gente saber ouvir e sua voz está ali: uma pessoa, um trabalho, uma curiosidade, um desejo.

— Você não esqueça que em consultório de médico nem sempre é tudo divertimento. — Baixa a cabeça, beberica no copo de vodca, fala como se monologasse: — Amanhã cedo tenho de visitar um casal jovem e lhes dizer que seu filho de dois anos está com Aids.

— Olga, que horror.

Ela confirma, balança a cabeça:

— É essa a palavra certa. Horror. — Finca o cotovelo na mesa, apoia o queixo na mão, postura tão dela quando reflete.

— E como você vai dizer?

168 | *lya luft*

— Na hora eu digo. Não há jeito bom de dar um recado desses, não é? Fiz coisas assim centenas de vezes. Seu filho nasceu com defeito, seu filho vai viver só uns meses mais, seu filho tem tumor no cérebro, seu filho... Merda de vida essa.

— E como você acha que a criança pegou a doença?

— É o que a gente vai descobrir. Tentar descobrir. Virar o casal do avesso, botar em confissão, examinar. A experiência me diz que muitas vezes, o pai, moço, velho, pobre, rico, teve algum contato fora de casa... quase sempre homossexual... e infectou a família toda, sem saber.

Engulo em seco, o vinho gelado à minha frente parece veneno.

— Pelo amor de Deus, vamos mudar de assunto senão vou vomitar.

— Eu também — ela recupera imediatamente a animação, esta é sua noite de trégua, alegra-me fazer parte dela.

•

O drama de Olga coincidiu com a pior crise de minha relação com João. Brigávamos por causa de Lívia, sua obstinação em tratar a filha como uma menina, eu estava frenética, querendo defender o meu amor, a minha felicidade. Às vezes a situação parecia irreal. João abria a porta, demorava na sala, vinha até mim, falava baixo:

— Lívia está aqui. Pediu dinheiro para comprar roupas, diz que a mesada acabou, a mãe não quer dar nada.

— Você não disse que Telma concordou em dar mais uma semanada? Eu acho que Lívia já ganha demais. Por que não telefona para a mãe dela e confere?

a sentinela | 169

Ele respondia na mesma voz baixa, certamente para que ela não ouvisse:

— Acho que vou confiar na minha filha. Ela quer tanto aquela roupa, pobrezinha...

Uma hora depois João voltava, não se dava conta do quanto era patético, nem do meu desencanto:

— Nora, acho que fiz uma bobagem. Dei o dinheiro, mas quando Lívia saiu desconfiei de que foi comprar cocaína. O que você acha?

Eu procurava as palavras, mas como expressar o que sentia, essa mistura de compaixão e decepção?

— João, acho que você, tão experiente, com essa filha age feito criança. Ela manipula você, usa de seu sentimento de culpa, explora seu amor. Não sei mais o que dizer. Tudo isso está acabando com você, sua cor anda ruim, você dorme mal, se agita a noite toda... Prometeu procurar seu cardiologista, e não foi. Por que não tiramos umas férias juntos, uma semana que seja, longe de tudo?

Ele prometia, ansioso por me agradar, pedia mais paciência, mas eu já não acreditava em João.

Depois de uma dessas experiências, decido falar com Olga mais uma vez. Sei que está sobrecarregada com sua própria tragédia, mas sempre me faz bem falar com ela.

Foi uma noite insone, sozinha em meu quarto. Levanto quando mal amanhece, fico rodando um pouco pela cidade, essa é a hora que mais me agrada, o despertar. Quando acho que Olga deve estar tomando o seu café, toco a campainha. Ela mesma atende, usa um desses caftans confortáveis que deu para vestir em casa depois que engordou. Um rápido olhar, deve

lya luft

ter notado que o estranho da hora significa mais do que um passeio ao amanhecer. Leva-me até a cozinha grande, ladrilhos antigos no chão. A mesa pesada sustenta as comoventes coisas domésticas: leite na jarra azul um pouco lascada; café cheiroso num bule combinando, pãezinhos arrumados num cesto de vime, o guardanapo xadrez; manteiga e mel. Tudo exatamente como foi nos longos anos de seu casamento, tudo ao gosto de Olga, que no fundo tem alma de fazendeira, de mulher da terra, do campo.

Olho aquilo sem falar até que finalmente o nó da garganta se desfaz e choro, cabeça apoiada na mesa. Olga pigarreia de vez em quando, acaricia meu ombro com sua mão maternal. Enquanto isso, murmura:

— Ora, o que é isso, menina, o que é isso? Conte para a sua velha Olga. — O que me faz chorar ainda mais.

Por fim o choro vai parando e sobrevém uma sensação de alívio.

— Parece que enquanto posso chorar com você, estou salva — digo, tentando sorrir.

Vou lavar o rosto, entra uma enfermeira trazendo algo que parece uma mamadeira grande; sai de novo depois de trocar alguns termos profissionais com minha irmã.

O drama incorporou-se à casa e, por incrível que pareça, faz parte dela sem a tornar um lugar sinistro. Ainda há leite na jarra, pão com mel na mesa.

Tomando café contei a Olga muita coisa de que ela apenas suspeitava. Sabia de Lívia, mas não da extensão do problema e do quanto eu estava envolvida. Falei sem controle, uma represa aberta.

a sentinela | 171

Ela sabe que não tem muito a me dizer: há decisões que exigem tempo, a lucidez raramente vem de um golpe, não é uma visão; é um crescimento doloroso. Apesar da tenebrosa noite que espreita no andar de cima, Olga ainda não desaprendeu de cuidar dos outros; pode estar mais rude, mais amarga, mas preservou o raro dom da generosidade.

Olga foi em parte uma compensação pelo chão esburacado que o desamor de Elsa, e as fraquezas, depois a ausência de Mateus me legaram para caminhar. Sou Nora, alguém nu e sozinho, que tem de atravessar uma tempestade.

E estou com medo.

— Não quero viver sem ele, Olga, e não sei o que fazer.

— Você já *viveu* sem ele, Norinha, já se casou, teve filho, tudo. Talvez esteja precisando disso: uma boa desilusão.

— Mas não é nada com João, é com a filha dele.

— Não: é com a maneira como João administra seus dramas pessoais. Um pai culpado, qualquer pessoa culpada, fica pouco inteligente. Neurose é burrice, neurose paralisa e o seu João das Minas é neurótico, por isso fez as escolhas erradas, podou sua própria vida. Não sei, não. Pense bem no que vai fazer. Ou antes: deixe as coisas correrem. Do jeito que está, a situação não fica por muito tempo.

Já são nove horas. Pedro chega, entra em casa sempre falando alto, pisando forte, como o avô a quem não conheceu. Olga me pede que suba com ele ao quarto de Albano, ela precisa dar uma aula em seguida, vai se arrumar.

Pedro parece um grande urso num quarto de bebê. Fala exageradamente baixo, chega junto da cama, bota a mão morena na testa do pai, fala:

172 | *lya luft*

— Pai, tudo bem, pai?

Albano estertora de leve, Pedro recua:

— Ele está bem, tia?

— Está. Seu pai está tranquilo — tenho vontade de pegar meu sobrinho nos braços como quando era menininho. Então ele começa a falar com o doente sobre o novo neto que vai chegar, os cavalos, o clima. Já vi isso outras vezes, mas talvez nesse dia eu esteja mais sensível, a dor abrindo olhos interiores habitualmente cerrados. Enquanto Pedro fala, desamparadamente, junto da cama, Albano abre os olhos; não estão fora de foco como de costume: estão abertos, claros, e dirigem-se para o filho. Encara o rapaz, tenho certeza de que, neste momento, sabe quem é, e compreende alguma coisa.

E do canto de um de seus olhos começa a correr o fio de uma lágrima.

Também eu levo um choque; Albano praticamente não se comunicava e, se às vezes chorava, parecia um choro inconsciente. Não agora.

Pedro se abaixa, beija o rosto do pai.

— Que é isso, pai, que é isso?

E me olha, assustado.

Por fim, sem dizer mais nada, dispara porta afora, ouço seu tropel na escada de madeira.

Quando desço Olga ainda não saiu, está pronta mas aguarda que o filho se acalme.

— Não há nada para se assustar, Pedro. Seu pai não sofre; e um pouco de emoção não faz mal. Ele ainda é um ser humano; talvez esse seja hoje em dia seu jeito de ser mais humano.

a sentinela | 173

Fico imaginando de onde ela consegue toda essa força, essa calma. Um dia lhe perguntei, por isso sei a resposta:

— Se tenho alguma força, e não sei se tenho, toda ela me vem de Albano; dos anos que passamos juntos; do amor da gente.

Mas agora nem tudo na casa de Olga é aconchegante. Há zonas de sombra; o que era familiar está repassado por uma desventura tão grande. E também há aquela segunda novidade: o novo companheiro de xadrez.

Lino aparece mesmo quando Olga ainda não fechou o consultório, instala-se na sua poltrona; Otto-Serafim chega esfregando-se libidinosamente nas pernas dos móveis, enrosca-se aos pés de Avelino como sob comando.

Nossos raros encontros me dão um grande desconforto, contra o qual tento lutar, afinal é apenas o corcundinha filho da lavadeira, bobo da corte da pobre rainha Lilith, morta e enterrada. Certa vez Olga ficou mais tempo no consultório e passei uma hora sozinha com ele. Como habitualmente nem me dirigisse a palavra — embora Olga afirmasse que, com ela, era falador e até muito espirituoso — resolvi romper aquele mutismo mal-educado, e afrontar:

— Lino, você lembra aquela gruta lá em casa, onde brincávamos quando éramos crianças? Quando você era amigo de Lilith?

Ele me olha de baixo, rapidamente, uma ratazana encolhida, um brilho maléfico (ou é sempre a minha imaginação agindo quando se trata de Lilith?):

— Lembro — ele tem a língua presa, o seu *erre* é gutural, parece estrangeiro falando. Lino é estrangeiro entre os altos e os eretos.

Insisto, minha coragem brota com raiva e medo:

174 | *lya luft*

— Você alguma vez ouviu dizer que meu pai foi enterrado sem cabeça? Que ela ficou esquecida naquela gruta, e ninguém procurou, nem teve coragem de... de pegar?

Acabei de falar e me dei conta da loucura de tudo aquilo. O que Lino pensaria de mim? E se contasse a Olga, "aquela sua irmã não anda boa da cabeça...", o que ela não diria? Ainda quis dizer: "eu vi você na festa parado no meio dos adultos", mas me calei.

Lino fixa em mim seu olhar mortiço, desvia-o devagar para o tabuleiro, cruza as mãos, descruza, estertora. De repente começa a assobiar uma melodiazinha desafinada e triste. E não olha mais para mim.

A sala está quase escura, ninguém se lembrou de acender a luz. Uma sensação de coisa proibida, ameaça que não deve ser mais desvelada, vai subindo pelas minhas pernas, meus braços, um crescente pavor. Levanto-me e saio, tenho vontade de dar uns tapas nele, ou em mim mesma, como fui fazer uma coisa tão ridícula?

E o que será que Olga tanto conversa com ele, como foi ter a ideia de convidá-lo para a sua casa? Lino era amigo de Lilith; é um homúnculo sinistro e mal-educado, porque nunca fala comigo, nem respondeu às perguntas que lhe fiz. Lino me dá raiva e medo.

Mas talvez seja bom ele não ter respondido. Certas coisas é melhor ficarem onde estão.

Seja o que for isso que minha irmã partilha com ele, não quero saber.

a sentinela

9 | *Nora*

*"(...) fragmentos do real e do imaginário
aparentemente independentes, mas sei que
há um sentimento comum costurando
uns aos outros no tecido das raízes.
Eu sou essa linha."*

Lygia Fagundes Telles

Penélope inaugura amanhã oficialmente. Igual a ela, tenho feito e refeito meu entendimento do mundo; escolhi fios bons e ruins, errei nas direções algumas vezes, quase desisti, recomecei.

Um verdadeiro filme passa diante de mim, o dia todo; um dia cansativo que me deixou exausta, por isso venho ainda uma vez respirar fundo debruçada na janela. É noite, está escuro; uma noite de verão, dessas boas para andar pelo jardim de madrugada, deixando no assoalho, ao entrar, rastros úmidos de orvalho.

Cada um tem de encontrar o jeito, a trilha; aprender a ser senhor dos seus rumos.

— Somos inocentes — digo baixinho, e escuto passos nas lajes; está difícil enxergar na escuridão, mas a claridade da lâmpada dos fundos me permite ver o jardineiro; ainda andava por

a sentinela | 179

aqui, no escuro? E está de chapéu, embora seja noite. Levanta o rosto, sei que me vê, mas sem nenhum cumprimento vai, no passo de sempre.

A campainha da frente toca, Rosa deve estar atendendo, ouço vozes, a dela exclama alguma coisa, depois chama por mim.

Entro no banheiro, lavo o rosto, boto perfume, nem eu sei para quê; tirar a fadiga, talvez. No pé da escada Rosa estende um ramo enorme de rosas pálidas.

— Que lindas! — desço, pego as flores com as duas mãos, enterro a cara na massa perfumada.

— Tem cartão — ela avisa. Depois, enquanto olho em torno procurando um vaso, um lugar adequado, insiste: — Veja o cartão!

Peço que procure o vaso maior; abro o envelope; o susto.

Poucas palavras datilografadas, o texto ditado por telefone, sabe lá de onde:

— "Para minha guerrilheira Penélope, parabéns. Em meu coração continuo do seu lado. Até breve, João."

Meus joelhos estão fracos, como quando eu tinha 12 anos ele passava perto de mim mas nunca ficava, era sempre para Lilith que se dirigia: conversavam, riam, sentados no banco do jardim, vendo revistas ou livros juntos; havia entre eles uma atração muito forte, hoje sei, embora ele sempre tenha negado. Eu, de longe, o amava. E quando passava por mim eu inspirava fundo, só para sentir e segurar o cheiro dele.

Neste mesmo jardim fui uma jovem mulher ardente, e fui sôfrega no quarto lá em cima. Foi com João, o das Minas; mas isso faz séculos.

lya luft

As rosas parecem ter uma luz dentro, no vaso de vidro preto.

— Amanhã os botões vão abrir um pouco mais, vão ficar perfeitos — comenta Rosa e me olha disfarçadamente. Já chegaram outras flores hoje, e outros telegramas, mas nada tão especial: ela deve estar vendo pela minha cara.

João das Minas, errático, depois de quase um ano de silêncio interrompido por um, dois cartões impessoais — você estará voltando para mim? E eu, estarei preparada?

Ou talvez eu nem tivesse ouvidos para escutar, naquela vez.

— O que é dar certo? — me perguntou ele um dia. — Você não acha idiota esse chavão, todo mundo querendo dar certo, no emprego, no casamento, na vida? Uma relação que foi boa dois anos, deu certo; um casamento ruim de vinte, deu errado. O que é que todo mundo deseja, o que você deseja comigo? Champanhe e caviar no café da manhã, um cruzeiro eterno pelas ilhas gregas?

Tenho de João muitos cartões, em tantos longos anos, desde a minha juventude; carta só uma quando nossa crise iniciava, sem que nenhum de nós tivesse ideia da dimensão que assumiria. Foi escrita num hotel, junto da clínica de Lívia, numa das vezes em que me recusei a ir, ou João desistira de me convidar. Uma carta breve, mas nunca recebi nada igual.

"Nora:

Eu te amo. Já disse isso muitas vezes mas quero repetir. Queria tanto que você estivesse aqui agora, do meu lado; teríamos feito amor; eu voltaria seu rosto um pouquinho para o lado, para ver aquele seu perfil que amo especial-

a sentinela | 181

mente, embora ame tudo em você; depois, diria alguma gracinha, para ver explodir seu riso que adoro, que é manhã e promessa.

Você, Nora, é minha mulher; minha criança; minha guerrilheira nestes dias difíceis. Não sei o que vai ser de nós, nesta vida dura; mas amo você com ternura inesgotável. Quero que me perdoe todos os percalços, mas a vida é isso, doida e doída. Tenha paciência comigo. Um dia desses realmente amanhece, e poderei lhe dar lindamente — como desejo — a minha presença inteira.
Um beijo do seu
João."

Nenhuma referência ao seu dia que devia ter sido duro; nessa época Lívia só pensava em uma coisa: sair da clínica. Inventava todas as desculpas possíveis: prometia, seduzia, adulava, ameaçava. Contou que recebera cocaína de outro interno em troca de sexo; João se desesperara, mas os médicos, ele disse, não se espantaram; isso acontecia e às vezes era mentira, para que os pais, assustados, tirassem o filho ou a filha de lá.

Como não o amar? Como lhe negar paciência e dedicação? Mas eu sabia dos meus medos, do meu cansaço; não merecia ser chamada "guerrilheira"; a carta me deixou a um tempo emocionada e cheia de vergonha.

Não a dei para Olga ler, mas comentei em sua casa; nesse tempo, Albano já estava doente.

— Você acha que isso vai dar certo? — ela perguntou, analisando o tabuleiro; Lino devia chegar dentro de alguns minutos.

— Não sei. A gente está fazendo força.

182 | *lya luft*

— Fazer força dá hemorroidas — ela sentenciou.

— Você sabe ser desagradável quando quer.

— Mas o que você realmente espera desse seu cigano neurótico e triste?

— Uma relação estável; ser feliz; todas as bobagens que pessoas normais querem.

— Ah, sim; esqueci que você tem mania de casar. A velha rotina; dentro de uns anos vão estar bocejando de tédio conjugal.

— Você e Albano bocejavam muito? — fui propositadamente cruel.

Ela pareceu não se importar: ·

— Albano era diferente. Só ele para lidar com as minhas maluquices, essa profissão danada, meu gênio ruim...

— Como é que ele está?

— Bem — ela respondeu, acendendo outro cigarro. Olhou um pouco o tabuleiro, mas era sem ver; depois, abaixou-se rápida, soprou fumaça no focinho de Otto, que saiu disparando pela sala miando alto.

Quando Lino chegou, fui embora. Ele sempre me dava arrepios. Dirigindo para casa, lembrei uma frase que minha irmã gostava de dizer: "Nora, viver é subir uma escada rolante... pelo lado que desce. A gente passa a vida toda fazendo uma força danada para chegar mais alto, para onde nos impelem esperança, desafios, sonhos. Mas lá de baixo nos chamam o cansaço, a solidão, a doença, a loucura... a morte. Esta, no fim, vai vencer."

Por enquanto ainda estávamos no meio da descida.

•

a sentinela | 183

Memórias, João e eu dormíamos abraçados; fora um bom fim de semana, sem sobressaltos, Lívia devia estar calma, na clínica; mais conformada, ao menos era o que João tinha repetido várias vezes. Nenhum telefonema, nenhuma lamentação, nenhuma ameaça de fugir, de se matar. Em dias assim a esperança renascia como uma hera florida, claro que ia funcionar, Lívia ia ficar boa, ou João aprenderia a se desapegar um pouco, a ser menos culpado. Se conseguisse aliviar a culpa, racionalizar, as coisas já melhorariam muito.

Quando o telefone tocou na segunda noite ele estendeu o braço por cima de mim, soltou um palavrão, acendi a luz e ele passou sobre meu corpo, para falar. Pensei com desalento: Lívia. Mas vi que não falava com ela, não estava usando aquele tom paternal, de infinita paciência, como quem fala com uma criança assustada. Era Telma, e ele repetiu mais de uma vez:

— Mas como pôde, como se atreveu? Você é maligna, maligna!

Recostei-me na cama, puxei o lençol até o pescoço, fiquei olhando o teto. Era só o que faltava, agora Telma telefonava quando estávamos na cama, juntos.

Ele desligou, ficou sentado olhando em frente, respirando pesado.

—O problema de sempre, claro: a sua filha se drogando.

— Nora, pelo amor de Deus. Estou sobrecarregado, desesperado. Você não vai fazer uma cena agora, vai?

— Não. Só quero saber o que foi que ela fez agora. Quer se matar, de novo? Transou com algum outro interno?

Falei num tom tão duro que me assustei com minha própria voz.

184 | *lya luft*

— Ela está... está em casa.

— Fugiu? — Era o que ele mais temia.

— Não. Pior — sorriso fugidio. Virou-se de frente para mim: — A mãe a tirou de lá.

— Tirou? Mas como? Por quê?

— Diz que é seu direito de mãe, que a menina estava assustada demais, que o tratamento não adiantava mesmo...

Eu não aguentava mais ouvi-lo chamar Lívia de "menina".

— E por que você não telefona para o diretor da clínica?

— Agora? — João olhou o relógio de pulso, ficou mais animado; eu antevia a possibilidade de Lívia ser reinternada: um pouco mais de trégua para nós, um pouco mais que fosse.

João consultou sua agenda, telefonou, pediu com firmeza que acordassem o médico, era urgente. Ouvi apenas a metade de João nesse diálogo, mas percebi que, à medida que o outro ficava firme, João se desesperava; por fim estava aos gritos.

Eu continuava na mesma posição, vendo minhas esperanças se derreterem como uma figura de gelo, grossas lágrimas frias.

João desligou, foi até a janela, olhou a noite. Respirava fundo agarrado ao peitoril com as duas mãos; tentava se controlar. Tive medo de que ficasse doente; lembrei a frase sobre o coração velho e cansado; sabia que ele fora ao cardiologista mas dissera que estava excelente.

— Os exames tiveram resultado ótimo, imagine, tenho 98 por cento do rendimento cardíaco de um jovem.

Mas não me convencera inteiramente. Vira remédios que tomava, no armário do banheiro; decidira descobrir o telefone do cardiologista, falar com ele, mesmo arriscando-me a enfrentar, depois, a ira de João. Chegara a falar ao telefone com

a sentinela | 185

Olga, passando os nomes dos remédios, para ver se ela dava um palpite, mas Olga cortou minha conversa:

— Nora, tenha bom senso. Você acha que, pelos remédios de João, eu vou diagnosticar o problema? Só posso dizer que o coração dele deve andar baqueado, nada mais; se é grave ou não, isso não sei. Fale com ele a sério.

— Já falei; diz que está ótimo, mas eu não acredito; anda cansado demais. Não sei...

Eu sabia que Olga não podia me ajudar, não dessa vez.

Mas naquele momento, com João, fui impiedosa:

— Descobriu alguma coisa?

João virou-se para mim:

— Telma entrou no jogo dela, resolveu tirá-la de lá. Não é a primeira vez que isso acontece; quero dizer, coisa desse tipo: eu tenho de endurecer com a menina; aí Telma passa para o lado dela, faz suas vontades, e aproveita para jogá-la de novo contra mim.

Eu disse, com deliberada nitidez:

— João... isso é monstruoso.

Ele não me olhava:

— Eu sei. Telma disse na clínica que fazia isso porque a internação estava muito dispendiosa.

— Mas era você que pagava!

— Sim. Mas acontece que nos últimos dois meses houve tantos excedentes... porque além da internação há muitos exames, tratamentos, Lívia não está saudável... e os extras para ela, na cantina, na butique...

— Mas quer dizer que sua filha, na situação terrível em que está, ainda faz gastos numa lojinha da clínica? Era só o que faltava! E os gastos foram muitos?

Eu não sabia se queria ouvir a resposta.

— Muitos — João pareceu infinitamente velho. — Não comentei nada para você não se aborrecer, mas... pedi a Telma que dividisse a despesa comigo até tudo melhorar, ou pagasse ao menos parte... e ela tinha concordado sem problemas.

— Sem problemas? João, como é que você pode ser tão ingênuo? Ainda não se deu conta da mulher que ela é?

— Agora não adianta discutir.

— Claro. Claro. *Nunca* adianta discutir com você, quando se trata da sua família.

— Eu queria ver *você*, com um filho drogado — agora ele também tremia de raiva. — Para você é fácil falar, tem esse seu Henrique bom-menino, limpo, saudável...

— Não meta meu filho nisso!

Estávamos nos enfrentando como dois estranhos, ou dois adversários.

— E por que minha filha tem de ser sempre a lata de lixo? Você divide o mundo em duas famílias: a sua, a dos brancos; a minha, a dos pretos.

Saltei da cama, enrolada no lençol, louca de indignação:

— Não seja ridículo. Ainda por cima preconceituoso? Que história é essa, de brancos e pretos? E quem alguma vez fez acusações à sua família? Bela família, aliás, já que você tocou no assunto. Já tivemos alguma alegria com sua filha? Telma já se mostrou solidária? Por acaso é Henrique que está liquidando com a relação da gente? Hein? E eu não estou mais aguentando. Não estou mais aguentando!

Cheguei perto dele; seu olhar era tão agressivo que por um momento pensei, ele vai me bater.

a sentinela | 187

Mas quando saí do chuveiro onde entrara batendo a porta, ele ainda estava no meio do quarto, nu como um grande menino inocente. Encurvado, magro, olhando o chão. Tive pena, uma mistura de pena aguda e amor impotente; me deu vontade de gritar. Cheguei perto dele, encostei-me nele, apoiei o rosto no seu:

— João, eu amo você. Me perdoe, acho que não estou conseguindo adotar a sua filha como devia.

Ele se afastou sem me tocar.

Dias depois tivemos uma longa e triste conversa; ele iria viajar, apanhar suas coisas, desfazer a casa no exterior, enquanto Lívia parecia calma e satisfeita com a mãe; ele próprio já falara com uma amiga, editora de uma revista de modas: Lívia seria entrevistada, havia possibilidade de um bom emprego. Falava tão cheio de esperança que contive um sorriso amargo: João mais uma vez corria atrás de um sonho.

Resolvemos deixar tudo como estava. Talvez pudéssemos ser bons amigos; talvez um dia, quando eu me acalmasse, quando Lívia se estabelecesse, quando ele se recuperasse; porque agora estava cansado, muito cansado; disse isso várias vezes, batendo no lugar do coração; fiquei preocupada, mas ele prometeu também que iria ao médico. Assim que voltasse ao país em definitivo.

João não voltou por muito tempo; alguns meses apenas, e a inquietação o chamou. Nesse período nos vimos apenas uma vez, falamos outras duas, três, por telefone; mas aparentemente Lívia estava melhor; não conseguira o emprego que João sonhava para ela mas trabalhava em alguma coisa, e estavam contentes com ela. Conseguira um namorado que, segundo João, não tinha nenhuma ligação com o mundo sombrio em que ela vivera antes.

188 | *lya luft*

Mas entre nós, havia agora uma zona de silêncio; talvez estivéssemos desiludidos, cansados, não sei.

João voltou a trabalhar longe, e só tinha me mandado um cartão, antes das rosas de hoje. Ele também precisava do seu tempo para se organizar. Quem sabe.

•

Mais uma vez na soleira da porta aberta sobre o jardim, respiro a noite, quieta e quente como aquelas em que Lilith descia, subia na figueira ou se escondia na gruta, sem medo de nada. Talvez lá continue o seu reinado; talvez lá Mateus ainda vigie, controlando a maldade dela com seu amor rude e ansioso. Não sei: há coisas que devem ficar ocultas.

Num tom baixo para que ninguém da casa me escute, mas sabendo que talvez na gruta eu seja ouvida, chamo, duas vezes:

— Mateus. Mateus.

Talvez seja finalmente uma despedida.

Então um som de dolorida sensualidade escorre pelo ar: Henrique está tocando, a voz do instrumento cambaleia, gira. É seu jeito de lançar as antenas para o mundo, identificar-se com o mistério, entregar-se inteiro às coisas palpáveis e às insondáveis: essa é sua tela, seu fio, sua cor. Também meu filho constrói seus rumos.

Talvez esta seja minha última oportunidade de conviver com ele: deixar que mergulhe, que vá. Retornou para junto de mim porque concordou em que a casa era grande demais para uma mulher sozinha; porque gostou da casa, acha incrível viver onde viveram os avós, a tiazinha morta, a mãe. Tem aqui um

a sentinela 189

quarto grande, um banheiro só dele, e esse jardim delicioso; estava com saudade da comida de Rosa, e até mesmo, admite, rindo, da minha eterna ansiedade.

— Mas eu não sou mais assim...

— Eu sei, dona Nora, eu sei.

Henrique quer ser deixado em paz; quer ser amado como é; tocando homenageava a vida quando eu estava presa na morte; quer fazer o mesmo que eu, urdindo meus fios, o mesmo que Olga acariciando o seu amado adormecido, Pedro criando os seus cavalos, João tentando apaziguar a culpa e quem sabe voltar até mim; mas não sei se ainda o quero; não sei se estou disposta; não sei de nada. Talvez por não precisar mais tanto dele, eu agora esteja preparada, mas não sei.

Não sei nada, e isso me alivia enormemente: não preciso saber.

Por um caminho tortuoso voltei a esta casa onde ainda resta um lugar secreto que preciso devassar, talvez administrando o inadministrável... Hoje, não preciso decidir.

Estou no coração de um ciclo que se fecha; eu sou o mar com peixes e medusas, e sou a viagem também. Não há garantias, não existe segurança: alguma vez é preciso a audácia de se jogar; de delirar, como Henrique, neste momento, jogando alto sua música na noite, com pedaços de entranhas, de pensamento, de coração. Meu filho parindo a si mesmo como mãe alguma é capaz de fazer.

Neste momento a noite não me ameaça; a gruta não me atrai; tudo tem seu tempo. E há coisas que estão fora de todo o tempo humano.

•

A mulher subiu a escada, deixando apenas uma luz acesa na sala, voltada para rosas pálidas num vaso escuro.

Entrou no seu quarto e da janela viu a noite.

A música cessara; a casa parecia apagar-se fundida na treva exterior. Mas era preciso mais para definir o vasto mistério de tudo.

Então, da sua alta janela escura, a mulher pôs-se a cantar. Primeiro num murmúrio, depois cada vez mais alto. Talvez outras janelas tenham-se iluminado na casa e nas redondezas; a dela permaneceu escura.

Cantava sem se importar com nada mais, cantava jorrando fios de música sobre as coisas todas, como tentáculos. E do seu canto foi brotando o mundo: dele nasceram as árvores e os carros e as casas; os caminhos dos amantes; as grutas da noite, e o ventre do dia.

A morte nascia dessa música. E a vida também.

a sentinela

Este livro foi composto na tipologia Minion
Pro Regular, em corpo 11,5/15,5, e impresso em
papel off-white 90g/m² no Sistema Cameron da
Divisão Gráfica da Distribuidora Record.